古代文史名著选译丛书

主编 章培恒 安平秋 马樟根

谢灵运鲍照诗选译

修订版

译注 刘心明
审阅 周勋初

凤凰出版传媒集团 凤凰出版社

图书在版编目（CIP）数据

谢灵运鲍照诗选译 / 刘心明译注. -- 南京 : 凤凰出版社, 2011.5
（古代文史名著选译丛书）
ISBN 978-7-5506-0399-8

Ⅰ. ①谢… Ⅱ. ①刘… Ⅲ. ①古典诗歌－诗集－中国－南朝时代 Ⅳ. ①I222.739.1

中国版本图书馆CIP数据核字(2011)第045892号

书　　名　谢灵运鲍照诗选译
译 注 者　刘心明
责任编辑　林日波
出版发行　凤凰出版传媒集团
　　　　　凤凰出版社(原江苏古籍出版社)
　　　　　南京市中央路165号　邮编 210009
　　　　　发行部电话 025-83223462
集团网址　凤凰出版传媒网　http://www.ppm.cn
照　　排　江苏凤凰制版有限公司
印　　刷　江苏凤凰通达印刷有限公司
　　　　　南京市六合区冶山镇　邮编 211523
开　　本　960×1304毫米　1/32
印　　张　8.75
字　　数　142千字
版　　次　2011年5月第1版　2011年5月第1次印刷
标准书号　ISBN 978-7-5506-0399-8
定　　价　18.00元
（本书凡印装错误可向承印厂调换，电话:025-57572508）

《古代文史名著选译丛书》修订版
出版说明

呈献在读者面前的这套《古代文史名著选译丛书》是2011年的修订版。全书共134册,包括了中国从先秦至清末两三千年间的著名典籍。每部典籍都选其精粹(《论语》《老子》则全文收录),收录原文,加以简明的注释,力求准确地译为现代汉语,并于每一篇之前写有对该文的提示性说明。这是近一个世纪以来,规模最大、收录种类相对齐全、译注质量较高的一套普及传统文化的今译丛书。

这套丛书,原在1992年—1994年由巴蜀书社分三批出齐,印行过万套;不久,又由台湾的出版机构买去海外版权在台湾及海外发行,可见这套丛书当年在两岸受欢迎的程度。时隔17年,丛书编委会决定重新修订，改由江苏凤凰出版集团所属的凤凰出版社出版。

这套丛书是由教育部属下的全国高等院校古籍整理研究工作委员会（简称古委会）于1985年策划的。古委会组织了全国18所大学的古籍整理研究所的所长任编委会编委，由我们三人任主编，在全国范围内选请学有专长的学者承担各书的译注。从1986年—1992年，历时7年完成。当时，编委会制订了严明、可行的体例和细则，译注者按要求完成书稿。每部书稿完成后，都在全国范围内请编委会之外的专门研究这一学术领域的两位专家初审，合格后再请两位编委参照初审意见审改，然后退还原译注者改正。待原译注者改正后，再由编委会集中常务编委和部分编委、相关专家在一地将每部书稿从头至尾审改。这样的集中审稿会一般都在8—15天，7年中开了12次审改会。审改后，三位主编再集中在一起逐一审定，交付出版社。这一工作程序，使得这套丛书的译注质量有了一定的提高。所以，这套丛书，在一定程度上是个人与多人合作的结果。关于这套丛书的编纂始末，我们曾在1992年4月全书交稿后写有一篇文章，这次附在修订版书末，便于读者了解。

这次修订，是交由原译注者自己修改。少数译注者已去世，则书稿一仍其旧。个别译注者已联系不上，也保持原貌。

1992年—1994年出版时，书前有当时古委会主任周林先生写的序。周林先生是这一丛书的发起者。他已于1997年6月去世，至今已14年了。为了尊重历史，也为了纪念他，修订版仍用他的序。

我们三人在1985年—1992年主持这套丛书工作时，年龄大的是从51岁到58岁之间，年龄小的是从44岁到51岁之间，那时尚有精力组织、参与这一工作，今天我们都已年逾古稀。全书修订版出版之际，心情似乎比当年更惴惴不安地期待着读者的评头品足，期待着不要对读者贻误太多。

回想这套丛书，真应该感谢我们的祖先为我们留下了这样深厚、丰富的思想、文化遗产，使我们今天仍然受用无穷。应该感谢这套丛书的全体译注者、审阅者、编委和当年的出版者巴蜀书社、今天的出版者凤凰出版社，是他们的学识、辛勤与真诚使得这套丛书得以面世。

章培恒　马樟根　安平秋

2011年3月15日

序

《古代文史名著选译丛书》与广大读者见面了。这是丛书编委会的同志与众多专家学者通力协作、辛勤耕耘的结果。

中华民族在五千年漫长的岁月里，创造了光辉灿烂的文化，给人类留下了丰富的精神财富。“观今宜鉴古，无古不成今”。今天，以马克思主义的科学理论为指导，整理研究我国古代文化典籍，做到汲取精华，剔除糟粕，古为今用，推陈出新，使人们在正确认识民族历史的同时，得到爱国主义的教育，陶冶道德情操，提高全民族的文化素质，促进社会主义文化的繁荣，使文明古国的历史遗产得以发扬光大，这是我们每个炎黄子孙的责任。而要做到这样,对古籍进行整理与研究是重要的基础工程。但是,整理与研究古籍仅作标点、校勘、注释、辑佚还不够,还要有今译,使老年人、中年人、青年人都愿意去读,都能读懂,以便从中得到教益。

基于以上认识,全国高等院校古籍整理研究工作委员会于1986年5月组成了以章培恒、安平秋、马樟根三位同志为主编的《古代文史名著选译丛书》编委会,确定了以全国十八所大学的古籍整理研究所为主力承担这一看似轻易、实则艰巨的今译任务。在第一次编委会议上,拟定了《凡例》、《编写与审稿要求》、《文稿书写格式》和一百余种书目。以每一种书为十万至十五万字计算,这套丛书大约有一千余万字,应该说是一项大工程。经过一年的努力,完成了第一批三十六部书稿的译注任务。在各研究所的专家与所长把关的基础上,于1987年5月和7月,先后在复旦大学、北京大学召开了部分编委参加的审稿会,通过了二十五部书稿,作为《古代文史名著选译丛书》与广大读者见面的第一批作品。与此同时,在1987年7月6日,邀请了在京的十几位专家教授与编委会十几位编委一起座谈这套丛书与古籍今译的问题。专家们肯定了今译工作的必要性与深远意义，并以他们数十年的教学科研和创作的经验，说明今译是一项难度很大的工作，是培养人才，使之打下坚实基本功的一种有效方法；专家们还对《古代文史名著选译丛书》提出了宝贵的建议，这对当时的审稿工作和保证《丛书》的质量起了很好的作用。

实践证明，古籍的今注不易，今译更难。没有对作品的深入、透彻的研究，没有准确、通俗、生动的语言表达能力，要想做好今译是不可能的。两年多来，全国高等院校古籍整理研究工作委员会在探索古籍的今注、今译的道路上，做了一些工作。这部丛书的出版，是系统今译的开始，说明古籍整理研究工作有了新的进展。更可喜的是，一批中青年学者参加了今注今译工作，为古籍整理增添了新生力量，相信他们会在实践中，在学习中，成长成熟。我希望，这套丛书的编委会和高校各古籍整理研究所要敞开大门，加强同国内外专家学者的联系，征求他们和广大读者的意见，并向有真才实学而又适宜做今译工作的专家学者约稿，以提高古籍译注的水平，使《古代文史名著选译丛书》的第二批、第三批作品的质量更上一层楼。

这是一套以文史为主的大型的古籍名著今译丛书。考虑到普及的需要，考虑到读者对象，就每一种名著而言，除个别是全译外，绝大多数是选译，即对从该名著中精选出来的部分予以译注，译文力求准确、通畅，为广大读者打通文字关，以求能读懂报纸的人都能读懂它。我希望这套丛书能成为中小学教师的语文、历史教学的参考书，成为大专院校学生的课外读物，成为广大文史爱好者的良师益友。由于系统的古籍今译工作还刚刚起步，这套丛书定会有不少缺点、错误，也诚恳地希望读者批评指正。

巴蜀书社要我为这套丛书写序，我欣然接受了。我相信这套丛书不仅会使八十年代的人们受益，还将使子孙后代受益，它将对祖国的繁荣昌盛起到点滴的作用。最后借此机会向曾给予我们支持、帮助的专家学者和巴蜀书社的同志表示衷心的感谢！并殷切地希望台湾同胞、港澳同胞、海外侨胞和我们一同做好祖先留给我们的文化遗产的整理工作，为中华民族灿烂的文化再放异彩而努力！

周　林

1987年10月于北京

目　录

前言 …… 001
谢灵运诗 …… 001
杂诗 …… 001
岁暮 …… 001
九日从宋公戏马台集送孔令 …… 003
邻里相送至方山 …… 008
过始宁墅 …… 012
富春渚 …… 016
七里濑 …… 020
斋中读书 …… 023
登池上楼 …… 026
过白岸亭 …… 030
游南亭 …… 034

登江中孤屿 …………………………………………… 037
初去郡 ……………………………………………… 040
述祖德二首并序 ………………………………… 045
石壁精舍还湖中作 ……………………………… 055
田南树园激流植援 ……………………………… 058
南楼中望所迟客 ………………………………… 061
于南山往北山经湖中瞻眺 ……………………… 064
从斤竹涧越岭溪行 ……………………………… 069
庐陵王墓下作 …………………………………… 073
入东道路 ………………………………………… 078
登临海峤初发强中作,与从弟惠连,见羊何共和之
………………………………………………………… 082
石门新营所住,四面高山,回溪石濑,茂林修竹 … 088
石门岩上宿 ……………………………………… 092
初发石首城 ……………………………………… 095
道路忆山中 ……………………………………… 100
入彭蠡湖口 ……………………………………… 104
入华子冈是麻源第三谷 ………………………… 108
临终 ……………………………………………… 112
乐府 ………………………………………………… 116
燕歌行 …………………………………………… 116
豫章行 …………………………………………… 120
悲哉行 …………………………………………… 122

鲍照诗 …………………………………… 126
杂诗 …………………………………… 126
还都道中(三首选一) …………………… 126
行京口至竹里 ……………………………… 129
发后渚 …………………………………… 132
临川王服竟还田里 ………………………… 135
见卖玉器者并序 …………………………… 139
玩月城西门廨中 …………………………… 143
日落望江赠荀丞 …………………………… 147
登翻车岘 ………………………………… 151
发长松遇雪 ……………………………… 154
赠傅都曹别 ……………………………… 157
咏史 …………………………………… 160
拟古(八首选三) ………………………… 163
学刘公干体(五首选一) …………………… 171
山行见孤桐 ……………………………… 173
乐府 …………………………………… 176
代东门行 ………………………………… 176
代放歌行 ………………………………… 179
代白头吟 ………………………………… 183
代东武吟 ………………………………… 187
代出自蓟北门行 …………………………… 191
代结客少年场行 …………………………… 194

代阳春登荆山行 …………………………………… 197
拟行路难(十八首选六) ……………………………… 201
梅花落 ………………………………………………… 214
代夜坐吟 ……………………………………………… 216
代春日行 ……………………………………………… 219

编纂始末 ………………………………………………… 001
丛书总目 ………………………………………………… 001

前　言

南北朝时代，中国北方的少数民族政权与偏安江南的汉族政权长久对峙。在这个长达一个半世纪的时代里，由于北部中国战乱频仍，北方人民遭到残酷的屠杀，农业生产遭到严重的破坏，具有高度封建文化的汉族士大夫及广大人民大量南迁，南朝便成了当时中国的经济和文化的重心。历史悠久的文化传统，这时仍继续在江南延展着。这一时期，显示着整个中国诗歌发展趋势的，乃是南朝诗人的创作。

南朝初期的刘宋时代，是我国诗歌发展的一个新阶段。这一时期的诗歌，从表现形式到思想内容，都有所突破，有所发展。这一时期，出现了大量优美自然的山水诗、托古讽今的乐府诗和生动热情的民歌，从而打破了玄言诗对中国诗坛的百年统治，把东晋以来衰颓的风气重新振作了起来。这一时期，出现了我国文学史上两位成就卓著、影响深远的大作家：山水诗人谢灵运、乐府大家鲍照。

谢灵运(385—433)，陈郡阳夏(今河南省太康县一带)人，晋车骑将军、康乐县公谢玄之孙。他出生在会稽郡始宁(今浙江省上虞市南、嵊州市北)，十五岁时袭封康乐公。东晋义熙元年(405年)，灵运二十一岁，任琅邪王大司马行参军，开始步入仕途。其后追随抚军将军刘毅，任记室参军、卫军从事中郎等职。刘毅起兵反抗刘裕，兵败自杀。灵运改任刘裕的太尉参军、秘书丞、中书侍郎等职。义熙十四年，刘裕在彭城(今江苏省徐州市)建宋国，灵运任黄门侍郎、从事中郎。元熙二年(420年)，刘裕建宋朝，改元永初，东晋灭亡。灵运由公爵降为侯爵，改任太子左卫率。由于灵运并非刘裕的嫡系亲信，又曾经为刘裕的死敌刘毅效力，因此根本得不到刘氏王朝的信任与重用。灵运的祖父谢玄，虽然功勋卓著，官爵显赫，但他却是东晋王朝的重臣。而刘宋王朝正是篡夺了东晋王朝的江山而建立的，它的统治者们，对前朝功臣的后代，也自然要另眼看待。所以，朝廷只是给灵运一些官阶虽高却无实权的职位，"唯以文义处之，不以应实相许"(《宋书·谢灵运传》)。而灵运"自谓才能宜参权要，既不见知，常怀愤愤"(同上)。永初三年，刘裕死，少帝即位，朝政被权臣徐羡之、傅亮等人所把持，灵运仍然被冷落一旁。他就"构扇异同，非毁执政"(同上)。因此，为徐、傅集团所恶，出为永嘉(今浙江省温州市)太守。任职仅一年，便托病回故乡始宁隐居。这次遭贬谪，从政治上来看，无疑是对灵运的一次毁灭性的打击；但从诗歌创作方面来看，反而成就了他的文学事业。仕途的绝望与无可奈何，使灵运出世隐逸的思想开始露头。他放浪形骸，寄情于山水林野，想借此来逃避现实，对上层统治者进行消极反抗。这时，他创作了大量清新优美、摹景抒情的山水诗篇，如《过始宁墅》、《登池上楼》、《游南亭》、《初去郡》、《七里濑》、《石壁精舍还湖中作》、《从斤竹涧越岭溪行》等，都是脍炙人口的佳作。《七里濑》一诗中写道：

遭物悼迁斥，存期得要妙。既秉上皇心，岂屑末代诮！目睹严子濑，想属任公钓。谁谓古今殊，异代可同调。

正是灵运这一时期思想感情的真实写照。关于灵运在这一时期的生活及创作情况，《宋书·谢灵运传》中也有比较客观的记述："郡有名山水，灵运素所爱好，出守既不得志，遂肆意游遨。遍历诸县，动逾旬朔，民间听讼，不复关怀。所至辄为诗咏，以致其意焉。"元嘉三年（426年），宋文帝刘义隆杀徐羡之、傅亮、谢晦等人，灵运被召回京城建康（今江苏省南京市），任秘书监、侍中等职，但仍无实权。于是，他依然同在永嘉一样，擅离职守，肆意遨游。文帝得知，叫人放出话来让他辞职。灵运就托病回始宁，第二次开始隐居生活。这一时期的代表诗作有《入东道路》、《石门新营所住，四面高山，回溪石濑，茂林修竹》、《石门岩上宿》等诗。元嘉八年，灵运的仇人、会稽太守孟顗诬告灵运有反叛朝廷的"异志"，灵运急忙赶到京城为自己申辩。宋文帝没有追究灵运的罪名，但也不愿再让他重返始宁，而是派他出任临川（今江西省抚州市西）内史。灵运在临川仍旧到处游山玩水，不理政务。这时期他写下了

《道路忆山中》、《入彭蠡湖口》、《入华子冈是麻源第三谷》等好诗。由于当地官吏的检举，朝廷派人前来逮捕灵运。灵运兴兵反叛，兵败被擒，被流放到广州服刑。元嘉十年，灵运又被控告里通村民，图谋造反。宋文帝下令在广州将他处死。灵运死时虚岁年仅四十九。

在这短暂的几十年中，谢灵运创作了大量优秀的山水诗篇，为后人留下了一份宝贵的文学遗产，他本人也因此而成为中国山水诗的开山祖。在灵运之前，虽然也出现过以山水为衬景的杂诗，如晋初陆机的《赴洛道中作》和左思的《招隐诗》，都写到了山林泉石之美；晋宋之际的谢混，在其《游西池》一诗中也曾写出了“惠风荡繁囿，白云屯曾阿。景昃鸣禽集，水木湛清华”这样清新优美的诗句。但是，这些诗歌中描山摹水的文字，还只是一种点缀与衬托，并不是诗中的主要成分。到了谢灵运，才第一次把自然界的山水林泉作为主要的审美对象来进行描绘，歌咏山水之美成为诗歌的主要内容，而诗人的思想感情也就寄托在客观的山水景物之中了。

当然，灵运的诗歌作品，也不都是山水之作，抒写情怀、阐扬道理的诗篇也不在少数。如叹息人生易老、生不逢时的《岁暮》、《豫章行》等诗，歌颂友情的《南楼中望所迟客》、《庐陵王墓下作》等诗，抒发诗人的隐逸之志、阐扬道家清净无为的处世思想的《斋中读书》、《田南树园激流植援》等诗。不过，最能代表灵运一生的创作成就的，还是他的山水诗。

从文学艺术的角度来看，谢灵运的诗歌主要有以下两个方面的特点。

一、以情写景，借景抒情，情景交融。

诗人在描摹山水的时候，擅于把胸中所含的丰富的情感，通过笔墨渗透到字里行间，使诗中所描绘的客观的自然景物蒙上一层浓重的感情色彩，使人读其诗即见其情，有很强的感染力。如《于南山往北山经湖中瞻眺》一诗中写道："初篁苞绿箨，新蒲含紫茸。海鸥戏春岸，天鸡弄和风。"从这几句对客观景物的描写中，我们不难感受到诗人对大自然的热爱与眷恋之情。又如《七里濑》一诗，其中有这么几句："石浅水潺湲，日落山照曜。荒林纷沃若，哀禽相叫啸。"则是通过对肃杀的秋景的描写，来暗示诗人遭到贬斥后的那种落寞忧伤的情绪。清人王夫之说谢灵运的山水诗"情不虚情，情皆可景；景非滞景,景总含情”(《古诗评选》卷五),可以说是十分恰切的评论。

二、风格清新自然。

灵运的《石门岩上宿》一诗中写道:

> 朝搴苑中兰,畏彼霜下歇。暝还云际宿,弄此石上月。鸟鸣识夜栖,木落知风发。异音同致听,殊响俱清越。

这几句写得淳朴自然,颇堪玩味。尤其是“鸟鸣识夜栖,木落知风发”两句,更是自然清新,浅近如口语,为历代诗评家们所称道。这种清新优美、自然可爱的诗句,在谢诗中可说是俯拾皆是,如“明月照积雪,朔风劲且哀”(《岁暮》),“池塘生春草,园柳变鸣禽”(《登池上楼》),“密林含余清,远峰隐半规”(《游南亭》),“野旷沙岸净,天高秋月明”(《初去郡》)等等,大都脍炙人口,足以垂范后世。

不过,这种清新自然的风格,却不是不假思索、信手写来就能达到的,而是必须讲求技巧,努力避免直白浅露,经过一番文字的锤炼,而后求得清新自然。

虽然谢灵运在诗歌创作上取得了很高的成就，但也存在着一些缺点。首先，最明显的一条就是几乎每首诗的后面都拖着一条谈玄说理的尾巴，大大地损害了山水诗恬淡自然的意境。其次，是使用典故过多，有时给读者以艰涩之感，失掉了诗歌所应有的谐畅情味。再次，是过分追求句子的对偶及文字的雕饰，有时难免露出斧凿之痕，并且往往造成有句无篇的不良后果。

尽管谢灵运的诗歌创作中存在着这样那样的缺点，总起来说，他在中国诗史上的贡献还是十分突出的。正是由于他创作了大量优美的山水诗篇，才最终结束了玄言诗对中国诗坛的百年统治，开创了中国诗歌发展的新纪元，并对后世诗人产生了巨大的影响。因此，为发掘、弘扬民族优秀传统文化，撷取谢诗中的精华部分加以整理，奉献给广大读者，应该说是一件很有意义的工作。

需要说明的是，谢灵运的创作成就主要体现在他的五言杂诗尤其是山水诗上，他的乐府诗的成就则远不如他的杂诗，且摹仿的痕迹较重，格调也比较低沉。因此，这次选译，以杂诗为主，共选二十九首，乐府诗只选了三首，聊备一格而已。

鲍照(414? —466),字明远,东海(今江苏省涟水县北)人,家居建康(今江苏南京)。他出身贫寒,早年过的是“垦畛剿芿,牧鸡圈豕,以给征赋”(鲍照《侍郎报满辞阁疏》)的农家生活。

宋文帝元嘉十六年(439 年),临川王刘义庆为卫军将军、江州刺史。鲍照献诗临川王,得到赏识,被提拔为国侍郎。这是他第一次步入仕途。元嘉二十一年正月,刘义庆去世。鲍照上书临川王世子,自解侍郎之职,返回建康故里。此后近十年的时间里,鲍照曾先后追随过衡阳王刘义季、始兴王刘濬,担任过王国侍郎之类的官职;也曾做过海虞(今江苏省常熟市东)、秣陵(今江苏省南京江宁区)、永嘉等地的县令;其间曾两度客游江北。宋孝武帝刘骏大明六年(462 年)秋七月,临海王刘子顼为荆州刺史。鲍照为临海王前军行参军,掌知内命。不久即迁前军刑狱参军事。八年闰五月,孝武帝死,前废帝刘子业立。次年十一月,前废帝被杀,明帝刘彧立,改元泰始。泰始二年(466 年)正月,江州刺史、晋安王刘子勋称帝,临海王举兵响应。八月,刘子勋兵败垮台,临海王被赐死,鲍照在荆州城中被乱兵所杀,终年五十三岁。

鲍照的一生，没有享受过什么高官厚禄。他所做的都是些王国侍郎、县令之类的下层小官，并且每次都做不长久。可以说，他的一生，基本上是在仕途蹭蹬、穷困潦倒中度过的。

南北朝时代，掌握国家大权的是门阀士族阶层，他们任用人才的标准，不是学识才能的优劣，而是出身门第的高低。贵族出身的士族子弟，世袭着祖、父辈的爵位，坐高官，享厚禄，生活穷奢极侈。像鲍照这种“身地孤贱”（鲍照《拜侍郎上疏》）的寒门学子，因为政治上没有强大的靠山，经济上没有优裕的来源，加上门阀士族贵族的压制，就只能屈居于统治阶级的最低层，处处受到压抑与欺凌，一生都在贫苦潦倒中度过。对此，鲍照曾满怀忧愤而又无可奈何地叹息说：“才之多少，不如势之多少远矣！”（《瓜步山揭文》）

鲍照的这种社会地位和生活经历使他在文学创作上选择了一条和谢灵运不同的道路。他没有在贫困卑贱的处境中一味地消极避世，像谢灵运那样寄情于山崖水泊，而是积极地投身社会，把一腔有志不能伸的郁郁不平之气化而为诗，创作了大量反映社会现实、暴露黑暗统治的乐府诗篇，成为南北朝时代最杰出的乐府诗人。

萧涤非先生说:“盖乐府本含有普遍性与积极性二要素,以入世为宗,而不以高蹈为贵。以摹写人情世故为本色,而不以咏叹自然为职志。……至如鲍照,位卑人微,才高气盛,生丁于昏乱之时,奔走乎死生之路,其自身经历,即为一悲壮激烈可歌可泣之绝好乐府题材,故所作最多,亦最工。”(《汉魏六朝乐府文学史》)的确是很有见地的评论。

鲍照的乐府诗,继承了汉魏乐府的现实主义精神,对他所处的那个时代的社会现实进行了广泛而又深刻的描述。他的乐府诗,大多是描写贫贱者的悲愤、揭露封建统治的黑暗。如他的《代东武吟》写一个年老被弃的士兵报国无门的痛苦,《代放歌行》对比描写了不愿入仕的旷达贤士和热衷利禄的龌龊小人,并以正言若反的语气,深刻地揭露了贵族统治的黑暗与残酷,曲折有力地写出了贤士受压抑的忧愤之情。《拟古》诗之六写道:

束薪幽篁里,刈黍寒涧阴。朔风伤我肌,号鸟惊思心。岁暮井赋讫,程课相追寻。田租送函谷,兽稿输上林。河渭冰未开,关陇雪正深。笞击官有罚,呵辱吏见侵。不谓乘轩意,伏枥还至今。

诗的触角直接伸向了挣扎在封建社会最底层的劳动人民的生活。这种被剥削被压迫的劳动人民的痛苦生活之被反映在诗中,在六朝时代是极为难得的。这种生活,也只有出身寒微的诗人才注意得到并给予同情。

鲍照的乐府作品中,也有一部分情辞激壮的边塞诗。如《代出自蓟北门行》一诗,描写了酷寒荒凉的边疆战场景色,歌颂了边塞将士们不畏牺牲,为国奋战的英勇精神,是一首激昂慷慨的爱国主义诗篇。在《拟古》诗之三中,诗人借幽并游侠少年之口说道:“汉虏方未和,边城屡翻覆。留我一白羽,将以分虎竹。”表达了诗人要为国消除外患、建功立业的忠勇意志。这些边塞诗,大都感情浑厚深挚,风格雄健豪迈,是唐人边塞诗的良好范本。

鲍照不仅在乐府诗的创作方面取得了较高的成就,他的五言杂诗也是相当出色的。

鲍照的杂诗,主要是些慨叹身世、抒发情怀之作。读这些诗,就能使我们对诗人的一生有一个更加具体生动,更加深刻全面的了解。如《还都道中》、《发后渚》等诗，就是这方面的代表作品。此外，鲍照的杂诗中还有许多优秀的山水诗篇。这些山水诗，不仅能形象生动地描写山水之美，恰如其分地借景抒情，而且基本上涤除了玄言的渣滓，使诗中的山水形象更加生动完整，从而把山水诗的发展推向了一个新的高度。如《登翻车岘》一诗中写道："高山绝云霓，深谷断无光。昼夜沦雾雨，冬夏结寒霜。淖坂既马领，碛路又羊肠。"诗人凭借自己独特的感受，用寥寥几笔就把一座绝高绝险的翻车岘描绘得如此生动传神，令人叹服。清人黄子云称赞他"善能写难写之景，较之康乐，互有专长"（见《野鸿诗的》，收入《昭代丛书·壬集》，不分卷）。

从文学艺术的角度来看，鲍照的诗歌创作有这样几个特点。

一、表现手法新颖活泼，富有创造性。

首先，鲍照大胆地采用了为当时的一般文人所鄙视的北方牧竖的歌曲形式《行路难》来进行创作，并且以丰富的内容来充实这种形式、以革新的精神来改造这种形式——把五言句和七言句无规则地交杂组合着，变逐句用韵为隔句用韵，并且可以自由换韵。这些新鲜自由的创作手法，更加便于描写社会现实,抒发思想感情。其次,从曹丕后一直冷落寂寞了的七言体,在鲍照的笔下开始大量出现。这就为文人诗歌创作的表现形式开辟了一个新的领域,对于七言诗体的最终形成与巩固起到了有力的推动作用。再次,对不同的内容,鲍照往往分别采用最恰当的诗歌形式来表现。如乐府诗《代春日行》,是一首歌颂春天,歌颂爱情的诗篇,诗人采用了比较少见的三言诗体。这种三言诗的短促的诗律节奏,如同乐曲中的快板,生动而恰切地表现了明媚春光中,男欢女爱时所特有的那种热情欢快的气氛,真是独具匠心。

二、语言生动自然,富有表现力。

这主要是指鲍诗在语言方面的民歌特色而言。如"泻水置平地,各自东西南北流"(《拟行路难》之四)、"莫惜床头百个钱"(《拟行路难》之十八)等等,简直就是当时的民间口语。而正是这种通俗的群众语言,最富有表现力与生命力。即使在一千多年后的今天,读了仍然使人觉得十分亲切。

三、风格俊逸雄健,很有感染力。

鲍照的一生,尽管是穷愁潦倒,极不得意,但他却没有像谢灵运那样消极地隐遁山林,到清虚无为的老庄思想中去寻找慰藉，而是满腔热情地投身现实社会，去争斗，去批判，去歌颂。这就使他的诗作焕发着一种豪迈积极、雄健俊逸的精神。如“不见长河水，清浊俱不息”（《行京口至竹里》）两句，表现了诗人不甘贫贱、顽强奋斗的精神，于蕴藉中见气骨。“且共倾春酒，长歌登山丘”（《代阳春登荆山行》），表现了诗人从艰难愁苦中毅然奋起的豪迈气概。“宁能与尔曹，瑜瑕稍辨论”（《见卖玉器者》），则表现了诗人对腐败堕落的士族贵族的极大蔑视与洁身自爱的孤高品质。可以说，每一首鲍诗中，都饱含着诗人的真切情感和一种勃勃的生气，读之感人至深。

当然，鲍照的诗歌创作也不能说是尽善尽美。他的作品中，有的摹拟的迹象比较明显，甚至只是传述古人之意，并无多少新鲜的内容；有的用语过于险俗，减损了诗歌所特有的那种高雅的意境之美。不过，这都是大醇小疵，瑕不掩瑜。

总的说来，鲍照仍然不失为南北朝时代最杰出的一位诗人。他的诗歌，广泛而深刻地反映了当时的社会现实和下层知识分子的思想感情；他的诗歌，语言通俗精朗，风格俊逸雄健，在六朝诗人中显出无比卓越的艺术价值。在当时的门阀社会中，他虽然因“才秀人微，故取湮当代”（梁钟嵘《诗品·中》），但其作品却对后世的诗歌创作，产生了巨大的影响。尤其在唐代诗人李白、高适、岑参、杜甫等人的诗歌作品中，几乎都能或多或少地看出这种影响的痕迹。因此，鲍照在中国文学发展史上的作用与地位是不容忽视的。今天，选译鲍照诗歌中的精华部分奉献给广大的古典文学爱好者，应该说也是一件很有意义的工作。

鲍照的诗歌创作，无论是杂诗还是乐府诗，都取得了较高的艺术成就。因此，这次选译的三十二首鲍诗中，杂诗十六首，乐府诗十六首，各占一半，无所偏重。

这次选译谢灵运、鲍照的诗歌，主要遵循了这样两个原则：（一）尽量选取最能代表他们的创作特征与艺术水平的作品。（二）尽量选取能反映他们的生平事迹的作品。每首诗前面的提示，除了说明诗的主要内容、分析诗的形式结构及艺术特点外，都比较注意介绍诗人的行踪。这样做的目的，是希望读者能够把每首诗歌都放在一个特定的历史环境中去阅读理解，以期对诗人的生平事迹及诗歌创作有一个比较全面的了解。这次选译，以翻译为主，注释只起辅助作用，以准确简明为准则。

在这次选译工作中，山东大学古籍整理研究所董治安所长、王绍曾教授、杜泽逊老师都曾给予耐心的指导和热情的帮助，文史哲研究所的宋开玉老师也曾帮助作者搜集资料并协助作者完成了部分鲍诗的注释工作，在此一并表示深挚的谢忱。

这次选译工作，对于作者来说，尚属初步的尝试，还很不成熟，而且本人水平也不高，时间又比较仓促，书中的谬误之处，肯定在所难免，欢迎广大读者与专家学者们批评指正。

刘心明（山东大学古籍整理研究所）

谢灵运诗

杂　诗

岁　暮

晋安帝司马德宗义熙十二年(416年)八月，太尉兼中外大都督刘裕率军北伐。十月，刘裕派兵收复洛阳。十一月，谢灵运奉命离开都城建康(今江苏省南京市)前往彭城(今江苏省徐州市)慰劳刘裕，《岁暮》一诗，大概就作于此时。写时值年关岁末，诗人长夜难寐，感叹岁月易逝，人生易老，忧伤良多。岁暮(mù 木)，即岁末。暮，晚、末。

殷忧不能寐①，苦此夜难颓②。

① 殷忧：深切的忧愁。寐(mèi 妹)：睡。② 颓：尽。

明月照积雪，朔风劲且哀①。

运往无淹物②，年逝觉易催③。

【翻译】

忧虑重重，难以入睡；

长夜漫漫，何时天明？

月光如水，映照积雪；

北风怒吹，宛若哀鸣。

岁月流逝，万物凋零；

人生易老，光阴难停。

① 朔风：北风。劲（jìng 敬）：强劲，猛烈。② 运往：指时间的运行流逝。无淹物：没有永恒的事物，即一切事物都将随着时间的消逝走向衰亡。淹，久留。③“年逝”句：光阴飞逝，更容易催人衰老。

九日从宋公戏马台集送孔令

义熙十四年(418年)九月九日,刘裕在彭城戏马台举行集会,为即将归隐的孔靖设宴饯行,并命群僚即兴赋诗。灵运作此诗以献。开头四句写彭城的晚秋风物;“良辰”以下六句,描写了欢快热烈的宴会场面;“在宥”两句,颂扬刘裕由于为政宽仁,因而得到万国的拥护;“归客”以下四句,写孔靖已脱身朝列,即将起程归隐;最后六句,将孔靖和自己相比:他人就要乘船返回田园,过清净自在的生活,自己却仍旧在宦海中载沉载浮,下不了决心辞官归隐。想到此,诗人伤叹不已。宋公,指刘裕(363—422),字德舆,彭城人。东晋末年,屡建战功,权势日盛。北伐胜利后，于义熙十四年正月回到彭城；六月，官任相国，被封为宋国公（故称宋公）。灵运也在此时应刘裕之召，再次离开建康前往彭城赴职，先任宋国黄门侍郎，后升为相国从事中郎。戏马台，相传为项羽时之掠马台。孔令，指孔靖（347—422），字季恭，会稽山阴（今浙江省绍兴市）人。义熙十二年随刘裕北伐，颇有战功。义熙十四年六月，刘裕授以宋国尚书令（故称孔令），加散骑常侍。孔靖坚辞不受，归隐山阴。

季秋边朔苦①，旅雁违霜雪。凄凄阳卉腓②，皎皎寒潭洁③。良辰感圣心，云旗兴暮节④。鸣葭戾朱宫⑤，兰卮献时哲⑥。饯宴光有孚⑦，和乐隆所缺⑧。在宥天下

① 季秋：农历九月。边朔：因彭城位于东晋北部边境，故称边朔。② 凄凄：寒凉。阳卉（huì 会）：指秋草。腓（féi 肥）：枯萎。③ 皎皎（jiǎo 狡）：洁白明亮。④ 云旗：绘有熊虎等饰物的旗子，在空中迎风招展，宛若彩云，故称云旗。⑤ 葭（jiā 加）：通“笳”，即胡笳，一种管乐器。戾（lì 利）：到。⑥ 卮（zhī 支）：酒杯。兰卮：指香醇的美酒。⑦ 光：发扬光大。有：助词，无义。孚（fú 浮）：信用，诚实。语本《周易·未济》上九爻辞：“有孚于饮酒，无咎。” ⑧ 隆：兴起。

理①,吹万群方悦②。归客遂海隅③,脱冠谢朝列④。弭棹薄枉渚⑤,指景待乐阕⑥。河流有急澜⑦,浮骖无缓辙⑧。岂伊川途念⑨,宿心愧将别⑩。彼美丘园道⑪,喟焉伤薄劣⑫。

【翻译】

深秋九月,

苦寒的边城。

大雁已飞回温暖的南国,

躲避霜雪的侵凌。

凄凄秋草早已枯萎,

深深潭水更加皎洁如镜。

---

① 宥(yòu 又):宽容。 ② 吹万:风吹万物,发出各种不同的自然音响。语本《庄子·齐物论》:“吹万不同。”这里引申为听其自然,无为而治。 ③ 遂(suí 随):往。海隅(yú 鱼):海边。 ④ 冠:束发的帽子,这里指官服。谢:辞别。 ⑤ 弭(mǐ 米):停止。棹(zhào 兆):船桨。薄:通“泊”,停靠。枉:这里是弯弯曲曲的意思。渚(zhǔ 主):水中小块陆地。 ⑥ 景:日光,即时间。乐阕(què 确):乐曲终止。 ⑦ 急澜:急浪。 ⑧ 浮:形容行走轻快。骖(cān 餐):驾在车两旁的马。辙(zhé 哲):车轮碾出的印迹,这里指马车。 ⑨ 伊:唯,只。川途:水陆。 ⑩ 宿心:夙愿。 ⑪ 彼:他,指孔靖。丘园:指隐居之地。 ⑫ 喟(kuì 愧)焉:叹息的样子。

这美好的重九日，
感动了宋公那颗圣德的心。
送别的旗帜高高扬起，
在暮秋的风中猎猎飘动。
戏马台上，朱宫之中，
胡笳声起，优美动听。
把满杯芳香如兰的美酒，
献给当代的贤哲吧，
祝他一路顺风。
在这饯别的宴席上，
到处洋溢着诚挚的气氛；
和睦快乐的情绪，使礼乐——
因战乱而废缺的礼乐复兴。
由于实行宽政，
如今天下太平；
一切听其自然，
到处赤忱欢庆。
当代的贤哲，急流勇退，
脱去了官服，告别了同僚，
就要回到久别的故乡——
美丽的海滨小城。
船已停泊在岸边，

只待送别的乐曲结束，
就要登程。
他的船将急驶而去，
我的马将飞奔而行。
我不仅感念我们的离别，
更加愧对久欲归隐的初衷。
他即将踏上美好的归隐之路，
我却为我的意志薄弱叹息伤痛。

邻里相送至方山

晋恭帝司马德文元熙二年(420年)六月，刘裕废晋自立，改国号为宋，改年号为永初，仍建都建康。东晋王朝灭亡，刘宋王朝从此开始。不久，宋武帝刘裕降先朝封爵。灵运由康乐县公降为康乐县侯，任散骑常侍，转太子左卫率，仍未受重用。永初三年(422年)五月，刘裕病死，宋少帝刘义符即位，实权落在大臣徐羡之、傅亮等人手里。灵运更为不满，就“构扇异同，非毁执政”(《宋书·谢灵运传》)。因而遭到徐、傅等人的排斥打击，被派到荒僻的海滨永嘉郡(今浙江省温州市)任太守。七月十六日，灵运离开建康，前往永嘉。邻里亲友一直把他送到方山脚下。诗就写于此时。诗中描写了灵运在方山与前来送行的亲朋故友分手时依依惜别的情形,表达了诗人决心从此归隐乡间、息影林泉的隐逸思想,流露出一种生不逢时的无奈及对权臣的不满情绪。方山,又名天印山,在今江苏省南京市江宁区东南,因四面等方孤绝而得名。秦淮河流经其下,灵运赴永嘉时在此上船。

祗役出皇邑①,相期憩瓯越②。
解缆及流潮,怀旧不能发。
析析就衰林③,皎皎明秋月。
含情易为盈,遇物难可歇④。
积痾谢生虑⑤,寡欲罕所缺⑥。

① 祗(zhī 支)役:指奉命远行就职。祗,恭敬。皇邑:指刘宋的都城建康。 ② 相期:相约。憩(qì 气):休息,止息。瓯(ōu 欧)越:指永嘉郡。西汉惠帝时,越族首领摇被封为东海王,建都东瓯(今浙江省温州市),即刘宋时的永嘉。 ③ 析析:风吹树木声。衰林:秋天的树林枝干凋枯,黄叶纷落,一派衰败景象,故称衰林。 ④ 遇物:指碰到枯林残月等肃杀的情景。歇:止息,遏止。 ⑤ 积痾(ē 婀):久病。谢:断绝。生虑:养生之念。 ⑥ 寡、罕:都是少的意思。

资此永幽栖①,岂伊年岁别。

各勉日新志②,音尘慰寂蔑③。

【翻译】

恭奉皇帝的使命,
远离都城与家园,
我要远赴瓯越之地为官。
解开缆绳,
把小船驶入江潮;
却因依恋知心的亲友,
久久不愿扬帆出发。
风中的丛林,
枯叶哗哗地坠落,
一片片向我的小船飘来;
皎皎的秋月,
凉凉地泻落在我的船舷。
离情别意,溢满我的心头;
枯林残月,使此情更难舒散。

---

① 幽栖(qī 七):指隐居。栖:鸟停留、歇宿,引申为居住。② 日新:每天有长进。语本《周易·大畜·彖传》:"刚健笃实,辉光日新。" ③ 音尘:音讯。寂蔑(miè 灭):寂寞。

病魔久久不去，
使我断绝了养生的念头；
欲望淡薄，
使我很少觉得缺少了什么。
永别了，亲爱的朋友！
我要借此机会归隐山林，
了此残年；
这并非暂时的分别，
只怕再也不会见面。
希望我们都能够天天向上，
努力自勉；
希望你们常通音讯，
让友情像甘露一样，
滋润我寂寞的心田。

过始宁墅

永初三年(422 年)秋,灵运辞别都城建康,前往永嘉赴任。途中,他绕道回到了久别的故乡始宁。此诗就作于灵运将要离开始宁之时。诗的前八句写诗人违志做官已二纪,到头来发现自己既不善于做官,身体又有了病,在心力交瘁的情况下,萌发了辞官归里、避世隐居的念头;中间十句写诗人利用外任之便,回乡探望,游山玩水之后,发出了对故乡山水之美的由衷赞叹;最后四句写诗人决心三年任期一满,就回乡隐居,终老山林。始宁,县名,属会稽郡,其地在今浙江省上虞市南、嵊州市北。墅(shù 树),别墅。《宋书·谢灵运传》:"灵运父祖并葬始宁县，并有故宅及墅。”

束发怀耿介①，逐物遂推迁。违志似如昨，二纪及兹年②。缁磷谢清旷③，疲苶惭贞坚④。拙疾相倚薄⑤，还得静者便⑥。剖竹守沧海⑦，枉帆过旧山⑧。山行穷登顿⑨，水涉尽洄沿⑩。岩峭岭稠叠，洲萦渚连绵⑪。白云抱幽石，绿篠媚清涟⑫。葺宇临回江⑬，筑观基曾巅⑭。

---

① 束发：指童年。古代男孩成童时即束发成髻，因以束发指成童。耿介：正直，守志不趋时。 ② 纪：古代记年的单位，十二年为一纪。兹年：今年。 ③ 缁（zī 资）：黑色。磷（lìn 吝）：薄。语本《论语·阳货》：“不曰坚乎，磨而不磷；不曰白乎，涅（niè 聂，用黑色染）而不缁。”谢：惭愧。清旷：清高旷达。 ④ 苶（nié 聂阳平）：疲倦，精神不振。贞坚：坚定，有操守。 ⑤ 拙：笨拙，谓不善于做官。疾：病。倚薄：交加，依附。 ⑥ “还得”句：还能得便回归故乡。静者：语本《老子》第十六章“归根曰静”，指回乡。 ⑦ 剖竹：即剖符。古代将竹剖分为二，一半给外派的官员，一半留在朝廷，作为信物，合之以验真假。这里是奉命赴任的意思。沧海：东海，借指永嘉郡，永嘉郡濒临东海。 ⑧ 枉帆：绕道的意思。过：探望。旧山：指东山，在今浙江省上虞市南的东山一带，为灵运祖父谢玄所开创，有旧宅及别墅，所以称旧山；又称北山，相对南山而言。 ⑨ 穷：尽。登顿：上山下山。 ⑩ 洄：逆流而上。沿：顺流而下。 ⑪ 洲：水里面的陆地，大的叫洲，小的叫渚。萦（yíng 营）：缠绕，环绕。 ⑫ 篠（xiǎo 小）：小竹。 ⑬ 葺（qì 气）：修治。回：曲折。 ⑭ 曾：同“层”。

挥手告乡曲[1]：三载期归旋，且为树枌槚[2]，无令孤愿言[3]。

【翻译】

从童年时起，
我就有正直孤傲的胸怀，
却因追求世俗的名利，
逐渐消磨，发生改变。
违背清静高洁的志趣充当官吏，
好像就在昨天；
可是屈指一算，
至今已有二十多年。
我的情趣被污染，
我的意志被消磨，
官场角逐，已使我疲惫不堪。
这叫我怎能不愧对年轻时的清旷贞坚。
而今，蓦然发现，
我已疲病交加，

---

① 乡曲：指乡亲们。 ② 树：种植。枌（fén 坟）：白榆树。槚（jiǎ 甲）：山楸树。枌榆常用来指故乡，楸树常用来做棺木，所以这句暗示将终老故乡。 ③ 孤：辜负。愿：愿望。指三年后回乡隐居的事。言：助词，无义。

并不善做官。
我只好重萌旧志，
从此归隐世外，息影林泉。
此次奉命赴任，
趁机绕道重返故园。
亲不够啊，故乡的一草一木，
游不尽啊，故乡的一水一山。
看那高岩陡峭，密岭重叠；
看那大洲萦绕，小渚连绵。
看那幽石于白云间隐现，
看那翠竹在碧波旁争妍。
在曲折江边搭盖的茅屋，
在高山顶峰筑造的楼观。
别了，美丽的故乡；
别了，淳朴的乡亲——
三年期满，我就回还。
请为我种好白榆、山楸，
不要辜负了我归乡隐居的心愿。

富春渚

永初三年(422年)秋,灵运离开始宁墅后,继续乘船沿富春江(古名浙江)赴永嘉。此诗即写灵运从渔浦潭到富春城沿途之所见所思。诗人遥望定山云雾,近观赤亭曲岸;惊水流之急,惧舟行之险。一时心潮起伏,诗情泉涌。诗中再次表露了诗人决心抽身仕途、归隐田园的夙愿,发出了万物零落、万事徒然的感慨。富春,县名,即今浙江省富阳市。

宵济渔浦潭①，旦及富春郭②。定山缅云雾③，赤亭无淹薄④。溯流触惊急⑤，临圻阻参错⑥。亮乏伯昏分⑦，险过吕梁壑⑧。洊至宜便习⑨，兼山贵止托⑩。平生协幽期⑪，沦踬困微弱⑫。久露干禄请⑬，始果远游诺⑭。宿心渐申写⑮，万事俱零落⑯。怀抱既昭旷，外物

---

① 济：渡。渔浦潭：在今浙江省杭州市萧山区西南、富阳市东。 ② 旦：天明，早晨。郭：外城。 ③ 定山：又名狮子山。离富春市七十里，横出江中。缅（miǎn 免）：遥远。 ④ 赤亭：在定山东十余里。淹薄：停靠。 ⑤ 溯（sù 诉）：逆流而上。触：触目。 ⑥ 圻（qí 奇）：曲折的崖岸。参（cēn 岑阴平）错：参差交错。 ⑦ 亮：坚贞，意志坚强。伯昏：即伯昏无人，春秋时郑国人。据《庄子·田子方》载，他曾背对百仞深渊，脚有三分之二垂在悬崖之外，仍然从容不迫。分（fèn 奋）：气概，胆魄。 ⑧ 吕梁：山名，在今江苏省铜山县东南泗水一带。吕梁壑（hè 贺）：吕梁山中的一条深谷，有瀑布自高处垂落，“悬水三千仞，流沫四十里”（《庄子·达生》语），十分险要。 ⑨ 洊（jiàn 见）：再次。便习：熟习。 ⑩ 兼山：两山。止托：停止前进的意思。以上四句，明写山水险阻，不要一味埋头向前；暗喻官场危险重重，自己几次受挫，有了教训。 ⑪ 平生：从来，平素。协：合，一致。幽期：即隐逸之志。 ⑫ 沦：陷。踬（zhì 志）：跌倒，挫折。 ⑬ 干禄：谋求官禄。 ⑭ 果：实现。 ⑮ 申写：舒展，发散。 ⑯ 零落：原义是衰谢，这里是（万事万物）了然无存于心的意思。

徒龙蠖①。

【翻译】

夜渡渔浦潭，晨到富春郭。

远方的定山，云雾缭绕，虚无缥缈；

近前的赤亭，也没能停舟登临，游览取乐。

逆流而上，涛惊流急；

沿岸而行，屡阻屡截。

浙江水险过吕梁壑，

我却缺乏伯昏一样临危不惧的胆魄。

再险的急流，多次经过就应熟习；

重山阻挡，明智之人就该退却。

我一直怀有隐逸的胸怀，

却久陷官场，困顿不堪，

都是因为我的意志薄弱。

长年奔波，干求禄位，

直到今天，我才实现了远离尘世优游山水的承诺。

隐居的夙愿，将要得到满足；

---

① 外物：身外之事，即世事。龙：龙蛇。蠖（huò 获）：尺蠖，是蛾类的幼虫，行动时先屈后伸。“徒龙蠖”的意思是，龙蛇蛰也好游也好，尺蠖屈也罢伸也罢，在诗人看来，都是徒然无意义的，而世人的钻营干禄，就如同龙蠖的蛰游屈伸一般。

世间的俗务，从此完全抛却。
高洁的怀抱，光明坦荡，
身外的事物，任其兴衰，
与我没有丝毫的瓜葛。

七 里 濑

此诗也是作于永初三年(422 年)秋离始宁赴永嘉的途中。诗人目睹七里濑一带的急流落照,荒林哀禽,想到自己身遭贬谪,远离都市,不由睹物伤情,内心愁闷。但一看到远处的严子濑,联想到东汉逸士严光曾隐居富春山,耕田打鱼,终老山林,又产生了思想上的共鸣,有了精神寄托。七里濑(lài 赖),指浙江(即今富春江)的一段长达七里的急流,在今浙江省桐庐县东。濑,流得很急的水。

羁心积秋晨①，晨积展游眺②。
孤客伤逝湍③，徒旅苦奔峭④。
石浅水潺湲⑤，日落山照曜⑥。
荒林纷沃若⑦，哀禽相叫啸⑧。
遭物悼迁斥⑨，存期得要妙⑩。
既秉上皇心⑪，岂屑末代诮！
目睹严子濑⑫，想属任公钓⑬。
谁谓古今殊⑭，异代可同调。

---

① 羁（jī 机）心：羁旅之心。 ②“晨积”句：借远眺风景来舒展郁闷愁苦的心情。 ③ 孤客：与下句“徒旅”同义，指孤独的旅人，是诗人自称。湍（tuān 团阴平）：急流。 ④ 苦：悲伤。奔峭：形容崖岸险峻如奔。 ⑤ 潺（chán 蝉）湲（yuán 元）：水慢慢流动的样子。 ⑥ 曜：同“耀”。 ⑦ 沃若：本义是树叶茂密，这里借指树叶。 ⑧ 哀禽：叫声哀切的鸟。 ⑨ 遭物：看到这肃杀的秋景。悼：悲伤。迁斥：贬谪。 ⑩“存期”句：组合《老子》“湛兮似或存”（第四章）和“是谓要妙”（第二十七章）两个意念而成，大意是说能湛然安静，就可以长存不亡，也就可以得到微妙要道了。 ⑪ 秉（bǐng 炳）：保持。上皇心：指上古三皇的淳朴之心。 ⑫ 严子濑：在七里濑东数里。东汉时著名隐士严光（字子陵）曾隐居于此，故名。 ⑬ 想属（zhǔ 主）：联想。任公：指任国公子。《庄子·外物》中说他曾在东海钓得大鱼，剖开晒干，供浙江以东、苍梧以北广大地区的人们饱餐一顿。 ⑭ 殊：不同。

【翻译】

秋日清晨，

远行的旅人心情格外愁闷烦躁。

我凭窗远望。

只见急流飞逝，崖岸陡峭，

孤独的游子，更加苦恼。

江水舒缓，水清见石；

日落西山，余晖照耀。

荒林落叶纷纷，哀禽凄凄哀号。

贬谪的游子，怎能不睹物伤悼？

幸运的是，我已悟出了湛然长存的微妙要道。

既然抱定上古三皇的淳朴之心——

听任自然，无为治郡，

怎会顾忌末代群小的讥诮。

目睹严子濑的淙淙急流，

联想任国公子的东海垂钓。

谁说古今不同，

只要都怀着一颗高洁的心，

即使时代辽远，

也能共谐异曲同工之妙。

斋中读书

此诗大约写于永初三年(422年)冬永嘉任上。诗人到任后,到处游山玩水,读书作诗;对于郡中政务,实行道家的无为而治,不甚关怀(与《宋书·谢灵运传》中所载基本相符)。他于观景读书之余,时有所悟,认为像长沮、桀溺那样躬耕务农,或像扬雄那样充当官吏,都不是最好的生活方式,唯一的办法是照庄子的话去做,即通达人生的真谛,超脱现实,过一种平静自然的隐逸生活。

昔余游京华，未尝废丘壑①。
矧乃归山川②，心迹双寂寞③。
虚馆绝诤讼④，空庭来鸟雀。
卧疾丰暇豫⑤，翰墨时间作⑥。
怀抱观古今，寝食展戏谑⑦。
既笑沮溺苦⑧，又哂子云阁⑨。
执戟亦已疲⑩，耕稼岂云乐。
万事难并欢，达生幸可托。

【翻译】

昔日，我在京为官，
时常出游，饱览自然之美。
如今被放逐于山水边缘，
终日闲逸，内心清静，

① 未尝：不曾。丘壑：山川。② 矧（shěn 审）：何况，况且。乃：助词，无义。③ 心迹：思想与行动。④ 诤讼（zhèng sòng 政宋）：打官司。⑤ 丰：多。暇（xiá 霞）豫：空闲。⑥ 翰墨：指诗文。间（jiàn 贱）：间或。⑦ 戏谑：玩笑。⑧ 沮溺：长沮、桀溺，春秋时的隐士。⑨ 哂（shěn 审）：讥笑、嘲笑。子云：扬雄，西汉人，字子云。曾校书于天禄阁。王莽时，因符命事获罪，跳阁自杀，未死。“子云阁”即指此事。⑩ 执戟：指充当小官。秦汉时中郎、侍郎、郎中等小官执勤时都执戟。

更加寄情林泉，遨游纵欢。
衙门里常空无一人，
百姓们也不来投诉辩说。
庭院中人迹罕至，
只有鸟儿雀儿在这里，
觅食嬉戏，婉转呼啼。
生病卧床，长日多闲，
诗歌文章，时有所作。
怀抱典籍，了解古今盛衰得失；
废寝忘食，展视书中的有趣事件。
长沮、桀溺，辛苦躬耕；
扬雄为官，企图跳楼自杀。
充当执戟小官，就已如此疲苦；
亲自耕种稼穑，却也难得快乐。
既然世上万事，不尽如意，
就该通达人生，超脱现实。

登池上楼

此诗作于宋少帝刘义符景平元年(423年)初春。诗的前八句写诗人"进德智所拙,退耕力不任"这种进退两难的矛盾心理及对谪迁永嘉的不满情绪;中间十句写诗人久病登楼,见窗外春意渐浓,不由触发了思乡之情;最后四句写诗人决心要克服孤独感,保持操守,从此避世隐居,不再忧闷。

诗中"池塘生春草,园柳变鸣禽"两句,清新自然,脍炙人口。千百年来,传诵不绝。

潜虬媚幽姿①，飞鸿响远音。薄霄愧云浮②，栖川怍渊沉③。进德智所拙④，退耕力不任。徇禄及穷海⑤，卧痾对空林。衾枕昧节候⑥，褰开暂窥临⑦。倾耳聆波澜⑧，举目眺岖嵚⑨。初景革绪风⑩，新阳改故阴⑪。池塘生春草⑫，园柳变鸣禽⑬。祁祁伤豳歌⑭，萋萋感楚吟⑮。索居易永久，离群难处心。持操岂独古，无闷征在今⑯。

---

① 虬（qiú 求）：传说中有角的小龙。 ② 薄霄：飞上天空。 ③ 怍（zuò 坐）：惭愧。渊沉：潜入水底。 ④ 进德：提高品德，语本《周易·乾》："君子进德修业，欲及时也。"此指入仕为官。 ⑤ 徇（xùn 训）：曲从。徇禄：违背自己的意愿而谋求俸禄。出任永嘉太守，本非灵运自愿。 ⑥ 衾（qīn 亲）：被子。昧：昏蒙，不明白。 ⑦ 褰（qiān 千）：揭起，撩起。窥临：从高处往下看。 ⑧ 聆（líng 零）：听。 ⑨ 岖嵚（qū qīn 区亲）：指险峻的山。 ⑩ 革：变。绪风：指残冬的余风。 ⑪ 新阳：新春。故阴：旧冬。按古时以春夏为阳，秋冬为阴。 ⑫ 塘：堤岸。 ⑬ 变鸣禽：指鸣禽的种类已有改变。 ⑭"祁祁"句：面对一片春景，想起了《诗经·豳风·七月》中"春日迟迟，采蘩祁祁，女心伤悲，殆及公子同归"这令人伤感的诗句，不由产生一缕思乡之情。祁祁：众多的意思。豳（bīn 宾）：古地名，在今陕西省旬邑县。 ⑮ 萋萋：草木茂盛的样子。语本《楚辞·招隐士》"王孙游兮不归，春草生兮萋萋"之句，也是写乡思。 ⑯ 无闷：出自《周易·乾·文言》"遁世无闷"一语，大意是说，只有避世隐居，才能脱离苦闷，过清净淡泊的生活。征：证明，应验。

【翻译】

虬龙深深地潜入水中，姿态遒美；
大雁高高地飞翔天空，远播叫声。
愧对虬龙，羞见飞鸿，
我已陷入世俗的泥淖之中。
既拙于入仕为官，
若要退隐，又不能胜任躬耕。
今天，为了就职而来到这僻远的海角，
终日卧病在床，面对空林，苦挨残冬。
我已忘记了季节的变换，
只因无聊，才掀开窗帘欣赏野景。
侧耳倾听，江水波澜壮阔；
举目远眺，山峦险峻难登。
初春的景色，一扫残冬的寒风；
脱掉陈旧的冬装，
清新的原野上，飘动着春的倩影。
池塘边上冒出了柔嫩的小草；
柳枝儿上已不再有乌鸦、麻雀，
婉转欢叫的是布谷、黄莺。
不由忆起《诗经》、《楚辞》中，
那些描写思乡之情的句子，
内心顿时涌起一丝剪不断的乡情。

这些日子，我离群索居，
度日如年，心绪不宁。
难道只有古人才能坚持清高的节操？
不，我要让避世隐居脱离苦闷的境界，
现在就得到证明。

过白岸亭

此诗作于景平元年(423 年)春。写诗人出游,路过白岸亭,在此驻足小憩,观赏迷人的景色,不料竟因此触发了伤春之情。诗人有感于自己远谪海角、亲友故旧离散零落,权臣却受宠的政治现实,发出了人生兴衰轮回、穷通无定的感慨,最后又不得不回归到道家隐居避世、抱朴守真的思想上来寻求安慰。

此诗寓玄理于山水之间,诗情玄思交相融会。这也是灵运大多数山水诗所共有的一种艺术特色。白岸亭,旧址在今浙江省永嘉县,因岸沙色白而得名。

拂衣遵沙垣①，缓步入蓬屋②。
近涧涓密石③，远山映疏木。
空翠难强名，渔钓易为曲④。
援萝聆青崖，春心自相属⑤。
交交止栩黄⑥，呦呦食苹鹿⑦。
伤彼人百哀⑧，嘉尔承筐乐⑨。

---

① 遵：沿着。 ② 蓬屋：指白岸亭，亭以草为盖，故称蓬屋。 ③ 涓：形容水流细小。 ④ 曲：指全身（养性）。语本《老子》第二十二章"曲则全，枉则直"。 ⑤ 春心：指春日的感伤心情。属（zhǔ 主）：连，联系。 ⑥ 交交：鸟鸣声。止栩（xǔ 许）：飞落在柞树上。黄：指黄鸟，即黄莺。 ⑦ 呦呦（yōu 优）：鹿鸣声。苹：指藾蒿，即牛尾蒿，初生者香嫩可食。以上二句不一定是实写景物，可能是诗人的联想。 ⑧"伤彼"句：承"交交止栩黄"而言。据《左传》、《史记》二书记载，秦穆公死，康公遵其遗嘱，以人殉葬，其中有为时人称作"三良"的子车氏三子奄息、仲行和鍼虎。国人赋诗（即《诗经·秦风·黄鸟》）对三良表示哀悼。诗中有"如可赎兮，人百其身"之句，意思是说，如果可以为三良赎命，我们宁愿用一百个人去替换他们。 ⑨"嘉尔"句：承"呦呦食苹鹿"句。《诗经·小雅·鹿鸣》一诗，是古代君主宴请群臣嘉宾时所唱的歌。诗中有"承筐是将"句，说将满筐的礼品奉献给群臣嘉宾。按，"交交"、"伤彼"二句影射刘宋王朝权奸当道，迫害忠良；"呦呦"、"嘉尔"两句讥讽备受恩宠的佞臣，是反语。

荣悴迭去来，穷通成休戚①。

未若长疏散②，万事恒抱朴③。

【翻译】

提起宽袍的下摆，沿着沙岸，

我缓缓地步入白岸亭中。

近旁的涧水，

在密密的小石上涓涓流过；

远处的青山，

使疏疏朗朗的林木也显得葱茏。

空濛苍翠的青山哟，

她的壮丽无法用语言形容；

清清浅浅的溪涧呵，

倒是个隐居养性的好地方。

拽着藤萝攀上青崖，

谛听林间黄莺与野鹿的叫声。

我一时浮想联翩，

胸中涌起缕缕感伤之情。

---

① 穷：走投无路，不得志。休：喜悦。戚：忧愁。 ② 疏散：无拘无束，自由自在。 ③ 恒：常常，永远。抱朴：保持纯洁的本性。语本《老子》第十九章："见素抱朴，少私寡欲。"

黄莺翔集在柞树上，

啾啾的歌声令人悲哀；

野鹿在采食藾蒿，

呦呦的叫声却很动听。

我痛惜他们——

为殉葬而国人共哀的秦国三良；

我“赞美”你们——

备受恩宠的当世“贤臣”。

富贵荣耀与贫贱憔悴，更迭轮换；

穷困忧愁与显达快乐，无常不定。

与其投身于这无聊的俗世，

还不如自由散淡地隐居山林；

不为外物所诱，

永远保持纯洁的本性。

游南亭

此诗作于景平元年(423 年)春末夏初。傍晚,诗人偶游南亭,见久雨之后,忽然云收天晴,红日西沉;远望泽兰被径,芙蓉发池,深感春尽夏始,时光易逝。决心不再浊世为官浪费生命,等秋水上涨时便离职归隐。

此诗语言清新自然,明白易懂;写景抒情,如水乳交融,具有很高的艺术水平,是灵运诗作中较好的一首。南亭,在永嘉郡(今浙江省温州市)。

时竟夕澄霁①，云归日西驰。密林含余清，远峰隐半规②。久痗昏垫苦③，旅馆眺郊歧④。泽兰渐被径，芙蓉始发池。未厌青春好⑤，已睹朱明移⑥。戚戚感物叹⑦，星星白发垂。乐饵情所止⑧，衰疾忽在斯⑨。逝将候秋水⑩，息景偃旧崖⑪。我志谁与亮⑫？赏心惟良知⑬。

【翻译】

春季已经过去，

傍晚时分，天空忽然放晴；

浮云散尽，夕阳西驰。

密林中散发着雨后清凉的气息；

远山的背后，残留着半轮红日。

---

① 时：季节，指春季。竟：完毕，终了。澄霁（jì 计）：雨过天晴。 ② 规：圆形。半规：指残阳。 ③ 痗（mèi 妹）：病，忧伤。昏垫：被水灾所困扰。《尚书·益稷》："洪水滔天，浩浩怀山襄陵，下民昏垫。"这里借指为久雨所苦。 ④ 旅馆：指南亭。歧：岔道。 ⑤ 厌：满足。青春：春季。 ⑥ 朱明：指夏天。朱明移：在不知不觉中已春去夏来。 ⑦ 物：指前面提到的初夏景象。 ⑧ "乐饵"句：语本《老子》第三十五章："乐与饵，过客止。"意思是说，音乐与美食是人之所欲，即使是过路人也要为之止步。 ⑨ 斯：这里。 ⑩ 逝：通"誓"。 ⑪ 景："影"的本字，此指身影。偃（yǎn 演）：躺，卧。 ⑫ 亮：通"谅"，体谅，理解。 ⑬ 赏心：这里是知心的意思。

漫长的雨季,把人折磨得好苦;
天放晴了,可以到南亭中眺望郊外的条条小路,
舒散心中久积的闷郁。
泽边的兰草,渐渐蔓延,
覆盖了窄窄的小径;
池中的荷朵,叶嫩花发。
那春天的美景,还没有尽情欣赏;
这夏日的情致,已悄悄开始。
呵！人生易老,时光易逝,
这斑白的鬓发,不正是无声的叹息?
虽然,这世上有优雅的音乐和精美的食品,
人所共爱;
可我的身体,已衰老多疾。
到秋水上涨的时候,
我发誓定要辞去官职,离开此地。
回到故乡的山崖之中隐居,
让这具疲倦的病躯得以休息。
谁能理解我的志向?
只有我的好友知己。

登江中孤屿

此诗作于景平元年(423年)永嘉太守任上。诗人在游遍了永嘉江江南的山山水水之后,身体虽然疲劳,可他探寻新奇风景的游兴却丝毫未减。于是,诗人又重游了久别的江北山水。渡江北上时,突然发现了仙境般的孤屿,诗人顿时诗兴大发,作成此诗。江,指永嘉江,今名瓯江。孤屿,后改称江心屿,在今浙江省温州市瓯江中,有“瓯江蓬莱”之称。

江南倦历览,江北旷周旋①。

① 旷:荒废。周旋:应酬,这里指游赏。

怀新道转迥①，寻异景不延②。
乱流趋孤屿③，孤屿媚中川。
云日相辉映，空水共澄鲜④。
表灵物莫赏⑤，蕴真谁为传⑥？
想象昆山姿⑦，缅邈区中缘⑧。
始信安期术⑨，得尽养生年⑩。

【翻译】

游遍江南，身体已经疲倦；
勃勃的游兴却丝毫未减。
不由忆起江北的美景，
已许久没去游览。
追求新奇风景的心情是那么急迫，
只觉得旅途是那么漫长，
白昼却如此短暂。

---

① 迥（jiǒng 窘）：远。 ② 景：日光，指白天的时间。延：延长。 ③ 乱：横渡。趋：奔向。 ④ 鲜：明亮。 ⑤ 物：众人。 ⑥ 蕴真：蕴藏着神仙。 ⑦ 昆山：昆仑山的简称，是古代传说中西王母等神仙居住的地方。 ⑧ 缅邈：悠远。区中：指人间。缘：因缘，联系。 ⑨ 安期：指安期生，古代传说中的神人。据说他是琅玡阜乡人，因得长生不老术而活过了一千岁。 ⑩ 得尽养生年：是“得养生尽年”的倒文。

我从江中截流横渡，
直趋孤屿山。
近了，更近了，
神美的孤屿山就在江的中央。
孤屿山呵孤屿山，
你耸立江心，
秀美而自然。
山上，白云辉映丽日；
山下，清江远接蓝天。
你明明灵气显露，
世人却不欣赏；
你深藏着灵异神仙，
却有谁为你扬传？
你使我想象那昆仑山仙灵的姿容；
顿时觉得，已经远离了庸俗的世间。
你使我开始相信安期生的长寿之法，
在这远离尘缘的仙境中，
修身养性，享尽天年。

初去郡

此诗作于景平元年(423 年)季秋离郡时。按当时的制度,灵运作永嘉郡太守的期限是三年。可他自永初三年(422 年)秋上任在永嘉只待了一年就厌倦了官场生活,只好称病辞职,返回老家始宁。这是一篇带有自传性质的诗作。诗人在回顾和评价了自己近二十年的仕宦生涯之后,决计仿效周任、司马相如等古代贤哲,辞官归隐,去享受一种清静自在、无拘无束的田园生活。

诗中“野旷沙岸净,天高秋月明。憩石挹飞泉,攀林搴落英”四句,脍炙人口,历来为人传诵。

彭薛裁知耻①，贡公未遗荣②。或可优贪竞，岂足称达生③。伊余秉微尚④，拙讷谢浮名⑤。庐园当栖岩，卑位代躬耕。顾己虽自许，心迹犹未并。无庸方周任⑥，有疾象长卿⑦。毕娶类尚子⑧，薄游似邴生⑨。恭承古人

① 彭：指彭宣，西汉阳夏（今河南省太康县）人，字子佩。哀帝时官至大司空，封长平侯。王莽专政时，辞官归家。薛：指薛广德，西汉相（今安徽省濉溪县）人，字长卿。官至御史大夫，后辞官归里，朝廷赐给他安车驷马，广德悬挂其车以示荣耀。裁：通“才”。 ② 贡公：指贡禹，西汉琅玡（今山东省诸城市）人，字少翁。元帝时任光禄大夫，八十多岁时上书请求辞官回家，未经允许。后升为御史大夫。 ③ 岂足：哪里值得。 ④ 伊：语首助词，无义。 ⑤ 拙：笨。讷（nè）：语言迟钝。 ⑥ 方：比。周任：古代史官。《论语·季氏》：“周任有言曰：‘陈力就列，不能者止。’” ⑦ 长卿：司马相如的字。司马相如为西汉成都人，著名的文学家。《汉书·司马相如传》说他“有消渴（糖尿）病。与卓氏婚，饶于财。故其仕宦，未尝肯与公卿国家之事，常称疾闲居，不慕官爵”。 ⑧ 尚子：指尚长，东汉朝歌（今河南省淇县）人，字子平。一生不愿为官，办完儿女婚事之后便做了隐士。 ⑨ 邴（bǐng 柄）生：指邴曼容，西汉琅玡人。养志自修，做官不肯超过六百石，随即辞职隐去。

意，促装返柴荆①。牵丝及元兴②，解龟在景平。负心二十载，于今废将迎。理棹遄还期③，遵渚骛修坰④。溯溪终水涉，登岭始山行。野旷沙岸净，天高秋月明。憩石挹飞泉⑤，攀林搴落英⑥。战胜臞者肥⑦，鉴止流归停⑧。即是羲唐化⑨，获我击壤情⑩。

【翻译】

彭、薛辞官，只是为了还有一点羞耻之心；

贡禹虽曾告老，却不愿抛弃富贵功名。

---

① 柴荆：用树枝荆条编成的门。 ② 牵丝：指做官。古代官印，多以金、玉制成，上有龟形的印钮，钮上有孔，穿有彩色的丝线，称作印绶。所以牵丝喻做官。下句解龟喻辞官。元兴：晋安帝年号（402—404）。这只是约略言之，并不精确。灵运开始做官在义熙元年三月司马德文任大司马后。元兴改元义熙，在正月，时间相差无几。 ③ 遄（chuán 船）：迅速。 ④ 骛（wù 务）：急驶。修坰（jiōng 扃）：漫长的远郊。 ⑤ 憩（qì 气）：休息。挹（yì 义）：捧。 ⑥ 搴（qiān 千）：本义是拔，这里是拾取的意思。 ⑦ 战胜：意思是说，隐逸的思想战胜了做官的思想。臞（qú 渠）：瘦。 ⑧ 鉴：照影，照镜子。流归停：流水复归静止。 ⑨ 羲唐：指伏羲与唐尧，都是传说中的上古圣王。化：教化。 ⑩ 击壤：传说唐尧之世，天下太平，百姓安乐。有八十老翁在路边玩一种击壤游戏，并唱道："日出而作，日入而息，凿井而饮，耕田而食，帝何力于我哉！"（参见《太平御览》卷七五五所引《逸士传》）

他们或许比贪恋利禄的人强些，
却不能称作达生。
我竭力保持一点清高的品格，
在官场上装呆卖傻，不慕浮名。
栖息在田园茅屋，权当归隐岩洞；
担任低微的职位，代替亲自耕种。
我虽然自许不慕荣利，
可情在归隐，身却为官，
思想与行为并不相同。
我没有显赫的功勋，就像周任；
经常生病不理政事，又似司马长卿。
我无牵无挂，
好比办妥儿女娶嫁之后隐迹的尚长；
在外地为官，俸禄微薄，又如同邴曼容。
我决心继承这四位古代贤哲的遗志，
备好行装，返回故乡始宁。
记得初次为官，还在元兴年间；
如今称病辞职，其时已是景平。
我违背了自己隐居不仕的夙愿，
混迹官场已有二十年的光景；
如今，撇开了官场的一切应酬，
顿时觉得愉快而又轻松。

备好船只，即刻踏上归乡的路；
沿着水中小洲，
向着远方的田野急驶，急驶；匆匆，匆匆。
一路逆流而上，直到水的尽头；
舍舟登上山岭，又是一段艰难的旅程。
远方，田野平阔，沙岸洁净；
秋高气爽，明月当空。
坐在石头上歇歇脚，
飞落的泉水，掬起清冽的一捧；
攀上岸边的林木，捡起满地的落花，
轻轻地抛洒在水中。
只要远离肮脏险恶的官场，
瘦弱的人也会变得丰盈；
把静止清澈的水当作镜子，
浮躁的利禄之心也就渐渐地归于淡泊与宁静。
回到故乡，就如同回到了风俗淳朴的上古时代；
从此就可以尽情地享受平淡而快乐的人生。

述祖德二首并序

这两首诗大约写于灵运辞去永嘉郡太守的职务后隐居故乡始宁之时，即宋少帝刘义符景平元年（423 年）秋至宋文帝刘义隆元嘉三年（426 年）春这段时间内。

这两首诗的主要内容，是歌颂诗人的祖父谢玄。这一点，诗人在诗序中已经说得很明白。第一首诗，把谢玄比作段干木、展季等古代贤者，说他秉性清高，不慕荣利；但一旦国家有难，又能挺身而出，保国安民。第二首诗，写谢玄受命于国家危难之际，率军抗拒前秦的入侵，收复失地，战功赫赫；但贤相谢安一死，谢玄失去依靠，遭到小人的排斥打击，乘胜北伐的理想也因而破灭，只好弃官归隐，流连于青山绿水之间，度过无奈的余生。

太元中①，王父龛定淮南②，负荷世业③，尊主隆人。逮贤相徂谢④，君子道消⑤，拂衣蕃岳⑥，考卜

① 太元：晋孝武帝司马曜的年号（376—396）。 ② 王父：祖父，即谢玄（343—388），字幼度，谢安侄。太元八年（383年），前秦苻坚大举南侵，谢玄出任前锋，率兵在淝水一带把苻坚打败，并乘胜追击，收复了淮河以南的广大地区。龛（kān 刊）定：平定。龛，通“勘”。 ③ 负荷：继承担任。世业：世代相传的事业。 ④ 逮：等到。贤相：指谢安（320—385），字安石。晋孝武帝时曾任侍中、安卫将军。他推荐谢玄抵抗苻坚入侵。后来他又上疏请求北伐，受到会稽王司马道子的反对和排斥，被迫出镇广陵，不久病死。徂（cú 粗阳平）谢：死去。徂，通“殂”。 ⑤ 君子道消：语本《周易・否・彖传》：“小人道长，君子道消也。”意思是说，小人得势，贤能之人就受排斥打击。 ⑥ 拂衣：拂袖而去的意思。蕃岳：即藩岳。蕃，通“藩”。本指护国的诸侯，这里指谢玄所镇守的藩镇。

东山①。事同乐生之时②，志期范蠡之举③。

一

达人贵自我，高情属天云④。兼抱济物性⑤，而不缨

① 考卜：选择所谓风水好的住地。东山：在会稽郡始宁县北。其地风景秀丽，灵运回乡隐居时，也住在这里。② 乐(yuè 月)生：指乐毅，战国时燕国大将，曾率领五国军队攻下齐国七十余城。后来，燕王中了齐人的反间计，疏远乐毅。乐毅为了躲避进一步的迫害，逃往赵国。③ 范蠡(lǐ 里)：春秋时越国大夫，曾助越王勾践灭吴，功绩显赫。但他急流勇退，不久便辞官归隐。④ 属(zhǔ 主)：连接。⑤ 物：指民众。

垢氛①。段生藩魏国②，展季救鲁人③。弦高犒晋师④，

① 缨：这里是沾染的意思。垢氛（gòu fēn 够分）：灰尘，污秽。氛，原义是指预示灾祸的不祥凶气，这里用来泛指不好的东西。这个词在灵运的诗中多次出现，用法很灵活，应随文而解。 ② 段生：指段干木，战国初年晋人。后隐居魏国，不受官禄，却很受魏文侯的尊重。秦国想攻打魏国，有人劝秦王说："段干木是位贤者，天下人都知道魏文侯很尊重他。对魏国用兵，恐怕不妥。"秦王便打消了攻魏的念头。藩：这里是护卫的意思。 ③ 展季：字禽，又叫柳下惠，春秋时鲁国大夫。鲁僖公二十六年（前 634 年），齐国打到了鲁国的边境，僖公派展喜前往犒劳，希望齐人罢兵。展喜从展季那里讨得计策，终于说服齐国撤兵。 ④ 弦高：春秋时郑国的商人。鲁僖公三十三年，秦国派兵偷袭郑国，在滑地被弦高发现。弦高急忙叫人回郑报告，同时又诈称受郑伯之命，用十二头牛犒劳秦军。秦军以为郑国早有准备，只好回师。晋师：因为滑是晋国的附庸，秦军驻扎在这里，就等于驻扎在晋国，所以称他们为晋师。

仲连却秦军[①]。临组乍不绁[②],对珪宁肯分[③]。惠物辞所赏,励志故绝人[④]。苕苕历千载[⑤],遥遥播清尘。清尘竟谁嗣[⑥],明哲时经纶[⑦]。委讲缀道论[⑧],改服康世屯[⑨]。屯难既云康[⑩],尊主隆斯民。

【翻译】

太元年间,我的祖父率军击退了入侵的敌人,平定淮南。担负起世代相传的安邦大业,维护了君王的尊严,使人民过上了安定兴旺的日子。可是当贤明的宰相谢安不幸逝世,贤能的君子实现抱负的机运也就不再存在,我的祖父辞官归隐。他选中了

① 仲连:指鲁仲连,战国时齐人。专为人排难解纷,而不愿做官。赵孝成王八年(前 258 年),秦兵围攻赵国首都邯郸,赵国向魏国求救,魏王先派晋鄙率兵救赵,晋鄙畏缩不前;又派辛垣衍劝赵王投降,尊秦昭王为帝。当时仲连正游赵,便向辛氏陈说尊秦王为帝的危害,并将他说服。秦将知此,将军队后撤五十里。 ② 组:官印上的绶带。乍(zhà诈):宁可。绁(xiè谢):系。绁组,就是做官。 ③ 珪(guī龟):用作凭信的瑞玉,分为两半,朝廷和官员各执一半,合之以验真假。宁(nìng佞):岂,难道。反问副词,表示否定。 ④ 绝人:超越常人。 ⑤ 苕苕:通“迢迢”。 ⑥ 嗣(sì四):继承。 ⑦ 经纶:本义是整理丝缕,这里借喻治理国家。 ⑧ 缀(chuò绰):通“辍”,停止的意思。 ⑨ 康:安定。世屯(zhūn谆):国家的危难。 ⑩ 云:助词,无义。

东山这个地方，居住下来。他的事迹与遭遇，很像战国时代的乐毅；他的理想与操守，恰似春秋时代的范蠡。

一

古往今来，
旷达之人都很注重自己的道德品格，
他们高洁的情操，
就像天上美丽的彩云。
他们怀着一颗济世匡俗的善心，
从不沾染一丝污秽的微尘。
段干木以贤德捍卫了魏国，
展季施展才能拯救了鲁人。
弦高牺牲财产，吓退了秦军；
鲁仲连凭口才，瓦解了秦国对赵都的入侵。
他们功勋卓著，
却不作为获取高官厚禄的资本。
有恩于人，却谢绝赏赐提拔，
这种激励心志的操守，远超常人。
千百年过去了，
高洁的德行仍在到处传扬，

受人赞夸。

有谁能继承他们的遗志？

当代的贤哲挺身而出，

顺应时代的潮流，

保卫社稷，治理国家。

他抛弃了无用的清谈，

脱掉隐士的衣着，

为平定国家的危难，

投入了艰苦的戎马生涯。

如今，国难已平，

君主依然高贵尊严，

人民更加昌盛奋发。

二

中原昔丧乱①，丧乱岂解已②。崩腾永嘉末③，逼迫

---

① 中原：指洛阳一带。丧（sāng 桑）乱：死丧祸乱。 ② 解已：停止。 ③“崩腾”句：指永嘉之乱和西晋覆亡之事。西晋永嘉五年（311 年），汉国（十六国之一）军队大败晋军，攻破洛阳，俘虏晋怀帝；建兴四年（316 年），汉国军队再破长安，虏晋愍帝，西晋灭亡。崩腾：山崩塌，水沸腾，比喻形势动荡险恶。永嘉，晋怀帝司马炽年号（307—313）。

太元始①。河外无反正②，江介有蹙圮③。万邦咸震慑，横流赖君子④。拯溺由道情⑤，龛暴资神理。秦赵欣来苏⑥，燕魏迟文轨⑦。贤相谢世运，远图因事止。高揖七州外⑧，拂衣五湖里⑨。随山疏浚潭⑩，傍岩艺枌梓⑪。遗情舍尘物，贞观丘壑美⑫。

【翻译】

昔日，中原发生丧乱，

无休无止。

永嘉末年，天下大乱，

①“逼迫”句：指前秦苻坚南侵事。②“河外”句：承“崩腾”句。意思是说，在西晋快要灭亡时，中原竟无人起来拨乱反正。河外：指黄河一带。③江介：指东晋边境。蹙（cù 促）：缩小。圮（pǐ 匹）：毁坏，坍塌。此句承“逼迫”句而言。④赖：依赖。⑤溺（nì 逆）：淹没。这里借喻人民处于水深火热之中。⑥秦赵：与下句的“燕魏”同义，泛指当时处在异邦统治下的北方地区。欣：喜悦。来苏：语本《尚书·仲虺之诰》：“徯予后（等待我的君主），后来其苏。”苏，复生，苏醒。⑦迟（zhí 直）：等待。文轨：即书同文、车同轨的意思。⑧七州：指徐、兖、青、司、冀、幽、并七州，谢玄曾统领七州军事。⑨“拂衣”句：说谢玄要像范蠡那样辞官隐居，以山水自娱。五湖：指太湖，在江苏省境内，范蠡曾隐居于此。⑩浚（jùn 俊）：深。⑪梓（zǐ 子）：落叶乔木，木质轻，可做乐器或棺材。⑫贞观：一意游览。丘壑（hè 贺）：指山水。

太元初始，敌人南进侵袭。

黄河上下，竟无人拔剑而起，

江淮之间，国土日渐丧失。

全国震恐！人民日夜盼望，

盼望有德君子来，

收拾这洪水泛滥般的危难局势。

他来了——这位有德的君子，

怀着治国之道、济世之情，

拯救民众于水火之地；

凭借聪明才智，

把暴乱的战事平息。

铁蹄下的北国人民，

企盼着战后的复苏，

等待着国家的统一。

可惜，贤明的宰相谢世，

从此失去了有力的支持，

北伐的远大理想，

再也不能成为现实。

这位战功显赫的君子，

只好置身于七州之外，

拱手辞职；

带着一丝惆怅，几番无奈，

隐居田园茅舍，不再出仕。

他依着山势，开凿深潭，

靠着岩壁，种植枌梓。

从此忘掉世俗之情，

纵情享受家乡美丽的山山水水。

石壁精舍还湖中作

灵运辞官后，怀着政治上的失意，开始向佛教中寻求精神寄托。他营建了石壁精舍，接纳四方高僧。从此，道家清净无为与佛教四大皆空的思想在灵运的身上得到了有机的融合，并反映在他的诗作中。

此诗写于景平二年(424 年)夏。写诗人从石壁精舍回到泊于太康湖中的船上，又乘船回到家中时的所见所感。此诗语言清新，意境优美，就像初开的荷花，自然可爱。是灵运山水诗的代表作之一。

昏旦变气候①,山水含清晖②。

清晖能娱人,游子憺忘归③。

出谷日尚早,入舟阳已微④。

林壑敛暝色⑤,云霞收夕霏⑥。

芰荷迭映蔚⑦,蒲稗相因依⑧。

披拂趋南径,愉悦偃东扉⑨。

虑澹物自轻,意惬理无违⑩。

寄言摄生客⑪,试用此道推。

【翻译】

临水的地方,从早到晚气候多变;

阳光下的青山绿水却总是沐浴着清新的光辉。

这美好的风景,最能娱人,

使我安然其中,沉迷忘归。

走出山谷的时候,初升的太阳还是那么鲜艳;

---

① 昏:傍晚。旦:早晨。 ② 晖(huī 挥):阳光。 ③ 游子:诗人自称。憺(dàn 淡):安然。 ④ 阳已微:阳光已经微弱。⑤ 壑:山谷。敛:聚集。暝(míng 明):日落,天黑。 ⑥ 霏(fēi 非):雨雪或烟云很盛的样子。 ⑦ 芰(jì 计):菱。迭(dié 蝶):交互。蔚:繁盛。 ⑧ 蒲(pú 仆):一种水草,茎部可以用来编席。 ⑨ 扉(fēi 非):门,这里用以指代居室。 ⑩ 惬(qiè 切):心满意足,坦荡知足。 ⑪ 寄言:奉劝的意思。

上船时，天色已经渐渐昏黑。
丛林沟壑，已染上了浓重的暮色；
暗淡的天边，已不见彩霞在飘飞。
湖面上，茂盛的菱与荷衬托着彼此的秀美；
蒲草与野稗，相互依偎。
拨开岸边的杂草，踏上南去的小路；
直到疲倦地躺在床上，还在把郊游的快乐回味。
大自然的启示，使我对人生有了新的体会——
思虑澹泊，一切外物都会无足轻重；
心地坦荡知足，才不会与大道相违。
但愿养生的人们，也以此类推。

田南树园激流植援

此诗大约写于景平二年(424 年)。灵运称病辞职后,由于政治上的失意,他决心不再涉足官场,只想从此隐居田园,终老山林。为此,他开辟园林别墅,与隐士王弘之、孔淳之等一起纵情享受山水之美,参悟人生的真谛。此诗既描写了别墅园林的清旷幽美,也表明了诗人创建园林的良苦用心。田南,指南山一带,在今浙江省嵊州市西北。树,创建的意思。激流,筑坝引水。诗中所写的激涧,也是此意。植援,栽种树木充当篱笆。援,篱笆。

樵隐俱在山,由来事不同。不同非一事,养痾亦园中。中园屏氛杂[1]，清旷招远风。卜室倚北阜[2]，启扉面南江。激涧代汲井[3]，插槿当列墉[4]。群木既罗户，众山亦对窗。靡迤趋下田[5]，迢递瞰高峰[6]。寡欲不期劳[7]，即事罕人功[8]。唯开蒋生径[9]，永怀求羊踪[10]。赏心不可忘，妙善冀能同[11]。

【翻译】

樵夫与隐士，都在山林中活动，

他们的目的与情趣，却彼此不同。

樵夫奔波在林间，砍柴谋生；

隐士养病于园林，修身养性。

---

① 中园：即园中。屏(bǐng 丙)：排除。 ② 卜室：通过占卜选择风水适宜的方位盖房子。 ③ 汲(jí 及)：从井里取水。 ④ 槿(jǐn 仅)：木槿，是一种观赏植物，夏秋开花，农家常常插种此树当作篱笆。墉(yōng 拥)：垣墙，此指篱笆。 ⑤ 靡迤(mí yí 迷移)：蜿蜒曲折。 ⑥ 迢递(tiáo dì 条弟)：形容很高。瞰(kàn 看)：从高处往下看。 ⑦ 不期劳：与下句的"罕人功"同义，都是不希望兴师动众的意思。 ⑧ 即事：就事，指创建园林一事。 ⑨ 蒋生：指蒋诩(xǔ 许)，西汉人，字元卿。闭门隐居，只在自己家门口的竹林中开辟三条小路，让老友求仲、羊仲来访。 ⑩ 求羊：求仲与羊仲，都是西汉时的隐士，时称"二仲"。 ⑪ 妙善：这是道家修炼的一种境界，指在道的修养方面已经尽善尽美，主客观完全融而为一(即天人合一)，忘记了尘世的生死、荣辱、善恶等等。冀：希望。

我在田南创建的林园，
排除了一切世俗的污浊与嘈杂；
远方的清风静静地吹，
吹进洁净平旷的园中。
背靠着北面的小山，
占卜择地，建几间茅屋，
推开柴门，就能看到南江的波影。
筑一道土坎截引涧水，代替汲井；
栽一圈木槿，当作护园的篱屏。
门前是排排绿树，
窗外是座座山峰。
有时沿着蜿蜒的小路，
到山下的田野中漫步；
有时登上高高的山崖，
俯瞰世上的芸芸众生。
我生性澹泊，欲望不多，
创建园林，也不愿土木大兴。
只想开几条幽静的小路，
接纳品格高雅的友朋。
不能忘怀的，是推心置腹的友谊；
衷心希望的是朋友之间互相勉励，
共同进入妙善的佳境。

南楼中望所迟客

此诗大约写于景平二年(424 年)初夏。诗人在南楼上等待好友前来赴约,从早等到晚,又从深夜等到天明,而且还要一直等下去。诗中描写了诗人盼望好友时的焦虑情绪以及好友迟迟不至,独对明月时的凄凉心情,充分表达了诗人对朋友的深情厚谊。灵运的诗作,大都于山水中包含玄理,比较艰涩难解。只有很少的几首,纯属抒情风格,故而十分难得。此诗便是其中之一。南楼,又称南门楼,在始宁县北,也是始宁墅的一部分。迟(zhí 直),等待。

杳杳日西颓①，漫漫长路迫②。登楼为谁思？临江迟来客。与我别所期③，期在三五夕④。圆景早已满⑤，佳人犹未适⑥。即事怨睽携⑦，感物方凄戚⑧。孟夏非长夜⑨，晦明如岁隔⑩。瑶华未堪折⑪，兰苕已屡摘⑫。路阻莫赠问，云何慰离析⑬。搔首访行人⑭，引领冀良觌⑮。

【翻译】

太阳，在遥远的西方沉落；

漫漫长路，依然不见他的踪影，

我的心情，开始焦躁忐忑。

登上高楼，思念何人？

---

① 杳杳（yǎo 咬）：遥远的样子。颓（tuí 推阳平）：落。② 迫：窘迫，形容诗人的心情很焦急。③ 期：约会。④ 三五夕：指农历十五日晚上。⑤ 圆景（yǐng 影）：圆圆的月影。景，通“影”。⑥ 适：到。⑦ 睽（kuí 葵）携：离别。⑧ 感物：因眼前的景物而引发了感叹。方：正在。戚：忧愁，悲伤。⑨ 孟夏：初夏，农历四月。⑩ 晦（huì 会）明：从天黑到天亮，即一夜。⑪ 瑶（yáo 姚）：美玉。瑶华：指疏麻的花，这种花洁白如玉，故称瑶华。华，同“花”。未堪折：不能摘，因为这时的瑶华还没有开放。⑫ 兰苕（tiáo 条）：兰草的花。苕：本指苇花，这里只取花义。⑬ 云：助词，无义。离析：分离。⑭ 搔（sāo 骚）首：用手抓挠头发，表示心情焦虑苦闷。访：问。⑮ 引领：伸长了脖子（张望）。良觌（dí 敌）：欢娱的会见。

望着流逝的江水，
闷闷地等待着远方的友人前来赴约。
分手的时候，他和我约定，
十五的晚上，要来看我。
今晚的月亮，早已圆满无缺；
好友却迟迟没有前来赴约。
早知如此，当初就不该分手；
如今，望着孤零零的月儿，
内心倍感忧伤凄切。
初夏的夜晚，应该并不漫长；
可太阳再次升起的时候，
却似乎经过了许多岁月。
疏麻的花，依然含苞未放；
兰草的花，却已屡屡采折。
折得也是徒然，前方长路阻隔；
无法把鲜花赠送，
怎么安慰远离的你，孤独的我？
我焦躁不安，向行人打听你的消息，
翘首等待和你共享重逢的欢乐。

于南山往北山经湖中瞻眺

景平二年(424 年)六月，权臣徐羡之等人弑少帝刘义符，拥立宜都王刘义隆。八月九日，刘义隆到建康即位，改景平二年为元嘉元年。此诗即作于文帝刘义隆元嘉二年(425 年)春。诗人自南山新居经过巫湖返回北山故宅，一路之上，游山玩水，颇有感受。开头两句，写清晨从南山出发，傍晚到达北山，点明题目“于南山往北山”。“舍舟”以下十四句，写诗人途中弃船登岸，眺望湖光山色。用优美细腻的笔触，生动准确地描绘出一幅春到江南的美丽图画。最后六句，诗人借景抒情，发出了孤游无侣的感叹。南山，指今浙江省嵊州市西北的嵑(tū 突)山、石门山一带，灵运在此处新建了庭园别墅，经常前来休息游玩。北山，相对南山而言，指今浙江省上虞市南的东山一带，由灵运的祖父谢玄开辟，建有故宅及别墅，所以又称作旧山。湖，指大小巫湖，也称太康湖，位于南山与北山之间。从南山到北山，只能走水路，也定要经过大小巫湖。大小巫湖，中隔一山，诗中有“舍舟眺迥渚”之句，大概即是指登上此山而眺望。瞻（zhān 沾），往前或往上看。眺（tiào 跳），远望。

朝旦发阳崖①，景落憩阴峰②。舍舟眺迥渚③，停策倚茂松④。侧径既窈窕⑤，环洲亦玲珑。俯视乔木杪⑥，仰聆大壑灇⑦。石横水分流，林密蹊绝踪⑧。解作竟何

① 阳崖：指南山。古时以山南为阳，山北为阴，所以称南山为阳崖，称北山为阴峰。② 景：日光，这里指太阳。憩（qì 气）：休息。③ 迥（jiǒng 窘）：远。渚（zhǔ 主）：水中的小块陆地，也称洲。④ 停策：止步的意思。策，手杖。⑤ 窈窕（yǎo tiǎo 咬朓）：细长曲折的样子。⑥ 杪（miǎo 秒）：树梢。⑦ 灇（cóng 从）：同“淙”，流水声。⑧ 蹊（xī 西）：小路。

感[1],升长皆丰容[2]。初篁苞绿箨[3],新蒲含紫茸[4]。海鸥戏春岸,天鸡弄和风。抚化心无厌[5],览物眷弥重[6]。不惜去人远,但恨莫与同。孤游非情叹,赏废理谁通[7]?

【翻译】

早晨,驾起小船从南山出发;

太阳落山的时候,回到了北山。

途中,我走下小船来到岸边,

眺望远方水中的小丘;

停下脚步,靠在松树上,

把周围的景色观赏。

---

① 解作:雷雨大作。语本《周易·解·彖传》:"天地解,而雷雨作。"感:感应。 ② 丰容:草木茂盛的样子。 ③ 篁(huáng皇):竹子。箨(tuò唾):竹笋一层层的外皮。 ④ 紫茸(róng荣):初生的蒲叶呈紫色,所以称紫茸。茸,初生的草。 ⑤ 抚化:大意是说,把自己的思想感情渗透到自然万物之中,并与之融为一体;万物有盛衰荣枯的变化,自己也就随之而产生喜怒哀乐。心无厌:面对美好的自然万物,总是看不够。厌:满足。 ⑥ 览物:观赏景物。眷(juàn倦):留恋。弥(mí迷):更。 ⑦ 赏:即赏心,指好友之间倾心相待,以心相赏。赏废:赏心之事废止,也就是说,再也不能与好友欢会言笑了。按,诗人大概是指他的好友庐陵王刘义真于景平二年(424年)被杀一事。

山边的小路，细长曲折；
环绕的小洲，玲珑透彻。
俯视岗下，高大的参天树木，
枝叶迎风招展；
抬头聆听，
高挂的瀑布垂入深涧，轰响震天。
一块巨石横卧在涧中，
急急的水流被它分开，
从两旁流过；
两岸的树林是那么浓密，
小路也好像被它遮断。
春雷打过，春雨浇过，
在这片肥沃的土地上，
万物欣欣向荣，一片生机盎然。
刚刚出土的嫩竹，
还包着一层笋壳；
香蒲新发的嫩芽，
正绽出紫色的笑颜。
海鸥飞翔在岸边，追逐嬉戏；
山鸡在习习的春风里，戏弄游玩。
我融化在这优美的景色之中，
对它百看不厌；

这和乐的大自然，也更让我眷恋。

远离俗世，我并不在乎，

没有知心的朋友与我共享这美好的春光，

却叫人遗憾。

孤独的游荡，使我悲伤叹息；

叹息知音已逝，

还有谁能理解此时此刻我的思想，我的情感？

从斤竹涧越岭溪行

此诗大约作于元嘉二年(425年)夏。灵运自景平元年(423年)秋托病离永嘉郡回故乡后，常到山阴去拜访他的叔父、会稽太守谢方明。这首诗大概就是他在拜访归来的途中，游赏山水美景时所作。

景平二年(424年)六月，灵运的好友庐陵王刘义真被权臣徐羡之、傅亮等所害，灵运万分悲痛。在这首诗中，诗人借景抒情，比较隐晦地表达了对刘义真的思念之情及为刘义真平反昭雪的愿望。但由于看不到出路，最终又落入了“遗物虑”、“得所遣”等道家思想的窠臼。斤竹涧，斤竹岭下的一道山涧。斤竹岭在会稽(今浙江省绍兴市)。

猿鸣诚知曙①,谷幽光未显。岩下云方合,花上露犹泫②。逶迤傍隈隩③,迢递陟陉岘④。过涧既厉急⑤,登栈亦凌缅⑥。川渚屡径复⑦,乘流玩回转。蘋萍泛沉深⑧,菰蒲冒清浅⑨。企石挹飞泉⑩,攀林摘叶卷。想见山阿人⑪,薜萝若在眼⑫。握兰勤徒结,折麻心莫展⑬。

---

① 诚:确实,的确。 ② 泫(xuàn 绚):露珠下垂。 ③ 逶迤(wēi yí 危移):弯曲而长的样子。隈隩(wēi yù 危玉):山的拐弯处。 ④ 陟(zhì 志):登,上。陉(xíng 形):山脉中断的地方。岘(xiàn 线):小而高的山岭。 ⑤ 厉:穿着衣服涉过深水。 ⑥ 栈(zhàn 战):栈道。在陡峭的山腰上架板为桥,叫栈道。缅:本义是远,这里形容高。 ⑦ 径:通“经”,经过的意思。复:回来。屡径复:不是说屡次在同一块小洲旁经过,而是说途中经过了许多小洲。 ⑧ 蘋(pín 贫):即田字草。生浅水中,夏秋开小白花。萍:浮萍。 ⑨ 菰(gū 姑):多年生草本植物,生长在池沼里。嫩茎的根部可做蔬菜吃,叫茭白。冒清浅:覆盖清浅的水面。 ⑩ 企:踮脚。 ⑪ “想见”句:此句与下句本《楚辞·九歌·山鬼》:“若有人兮山之阿,被薜荔兮带女萝。”想见:与下句“若在眼”同义,意思是通过想象,好像看到。山阿人:山拐弯处的那个人,即山鬼。借指死去不久的庐陵王。 ⑫ 薜萝(bì luó 必罗):以薜荔为衣,以女萝为带。薜荔与女萝都是蔓藤植物。 ⑬ 心莫展:心情愁闷不展。

情用赏为美①，事昧竟谁辨②？观此遗物虑，一悟得所遣。

【翻译】

听到猿叫，才知道天色已经放亮；
幽暗的深谷中，却依然不见阳光。
云气慢慢地聚合在高峻的岩石下，
露珠颤颤地垂挂在初开的花瓣上。
沿着弯弯曲曲的小路，转过山的拐角；
登上陡峭的断崖，越过高高的山岗。
涉过山涧，渡过急流；
攀登山腰的栈道，
宛如漫步在天上曲折悠远的桥梁。
经过一块块水中的小洲，
观赏着一道道水湾的景象。
蘋萍在深深的潭水里漂浮，
菰蒲在清浅的沼泽中荡漾。
岩石上，我踮起脚跟接一捧飞溅的泉水；
丛林中，我采一把鲜嫩的新叶到手上。

① 用：因为。 ② 事昧（mèi 妹）：事情不明不白，暗指刘义真死得冤枉。竟谁辨：究竟谁来为刘义真辨冤雪耻呢？

我仿佛看到，在山的拐弯处有位英俊的山鬼，
把薜荔、女萝披戴在他的身上，消失在远方。
一束幽兰——一段殷勤的思念，
顿时化作一腔郁闷，心事茫茫；
摘下疏麻的白花，无人可赠，
只觉一阵孤独，一丝凄凉。
知心良朋，以心相赏，
友情才会显出美丽；
世事昏暗，究竟有谁能够辨明贤良？
观赏着清晨的青山绿水，
暂且把世俗的忧虑抛却吧；
一旦悟出了人生的真谛，
所有的是非烦恼，都能排遣遗忘。

庐陵王墓下作

元嘉三年(426 年)三月或稍后,灵运应宋文帝刘义隆之召赴京城建康任秘书监。途经丹徒县(今江苏省镇江市)庐陵王墓下,前往祭扫。回忆旧情,抚坟痛哭,写下了这首哀惋凄恻的诗篇。庐陵王(407—424),名义真,宋武帝刘裕次子,文帝刘义隆的异母兄。永初元年(420 年)封庐陵王。刘裕死后,因不为徐羡之、傅亮集团所容,被排挤出京,任南豫州刺史,镇守历阳(今安徽省和县)。景平二年(424 年)二月被废为庶人,迁往新安郡(今浙江省淳安县),六月被杀。同年八月,刘义隆被徐、傅等人拥立,即帝位,改元元嘉。元嘉三年,刘义隆诛徐、傅等,为刘义真昭雪，仍追封为庐陵王。义真生前与灵运等人关系极为密切，他曾说："如果我做了皇帝，就要谢灵运、颜延之当宰相，慧琳做西豫州都督。"义真死后，灵运非常怀念他，多次在诗文中抒发对他的悼念之情。

晓月发云阳①，落日次朱方②。含凄泛广川，洒泪眺连冈③。眷言怀君子④，沉痛切中肠。道消结愤懑⑤，运开申悲凉⑥。神期恒若存，德音初不忘⑦。徂谢易永久，

① 云阳：今江苏省丹阳市。 ② 朱方：指丹徒县（今江苏省镇江市），春秋时称朱方。 ③ 连冈：这里指庐陵王刘义真之墓。《文选》卷二十三本诗李善注引青乌子《相冢书》说："天子葬高山，诸侯葬连冈。" ④ 言：助词，无义。 ⑤ 懑（mèn闷）：烦闷。 ⑥ 运开：形势好转的意思。申：舒展，伸直。 ⑦ 初：一点儿。

松柏森已行。延州协心许①，楚老惜兰芳②。解剑竟何及③，抚坟徒自伤④。平生疑若人⑤，通蔽互相妨⑥。理感心情恸⑦，定非识所将⑧。脆促良可哀⑨，夭枉特兼常。

---

① 延州：是春秋时吴国的两个城邑延陵（今江苏省常州市）和州来（今安徽省凤台县）的并称。吴国公子季札先后被封到这两个地方，所以这里就以地名指代季札。协心许：指季札心许赠剑给徐君并且最终兑现的事。史书记载，季札出访晋国，途经徐国（今安徽省泗县一带）。徐国国君看中了他身上佩带的宝剑，却不便开口。季札看出了徐君的心思，很想满足他，可此剑是他出访时必须携带的东西。于是，季札暗暗决定，等结束使命后回来将宝剑赠给徐君。不料，当他从晋返回时，徐君已死。季札就将剑挂在徐君墓旁的树上，并说："我既然在心里答应了你，就应该兑现，决不能因为你的死而违背自己的心意。" ②"楚老"句：说的是楚老吊龚胜的事。龚胜（前68—11）：西汉彭城（今江苏省徐州市）人，字君宾。哀帝时，官至光禄大夫。王莽篡权，龚胜耻于继续做官，辞职归家。后来王莽请他入新朝效力，龚胜就毅然绝食而死。楚老来吊唁，对他的自杀表示惋惜。这位楚地老父，大概是彭城的一位隐士。 ③ 竟何及：究竟有什么用。此句承"延州"句而言。 ④"抚坟"句：此句承"楚老"句。以上四句，是借古喻今。意思是说，庐陵王已死，抚坟哀痛又有何用！充分表达了诗人的悲伤之情。 ⑤ 若人：此人，指庐陵王。 ⑥ 通：通达。指庐陵王身为皇子，富贵荣华。蔽：塞。比喻受挫折，指庐陵王被废为庶人，最后被杀。 ⑦ 恸（tòng痛）：极度悲痛。 ⑧ 识所将：见识所及。 ⑨ 脆促：与下句"夭枉"同义，都是短命的意思。

一随往化灭，安用空名扬。举声泣已洒[1]，长叹不成章。

【翻译】

顶着晓月，从云阳出发；

追着落日，在朱方停泊。

船行在宽阔的江面上，

眺望庐陵王的坟墓，伤心泪落。

每当想起他，心中就会充满留恋之情；

深切的悼念，使人沉痛欲绝。

以前，小人当道，君子被害，

愤懑郁结，无处宣泄；

如今，时来运转，

悲愁的心情，终于舒展。

他生前的每一种神态，

常在我的脑海闪现；

他美好的言词，

我丝毫不曾忘怀。

他死去之后，时间似乎过得更快，

坟头上的松柏，已森然成行，枝繁叶茂。

季札兑现了内心的许诺，

---

① 泣(qì 气)：眼泪。

可徐君已亡，解剑挂树也无法唤醒死者。

楚地老父痛惜龚胜的自杀，

抚棺叹息，只能寄托遗憾。

庐陵王的一生，顺当与挫折，

注定要相互交错，动多拘碍。

我悟出此理，内心更为惨切，

想他生前肯定还未明白这个道理，

不知祸从何来。

如此年轻，就在迷惘中死去，

怎不叫人惨然伤心；

年轻夭折，异于常人，

饮恨而终，更非常态。

人已故去，一切归于空灭；

追封虚名，也不能使死者复活。

写到这里，我悲痛难忍，

放声痛哭，泪水倾眶而出；

长吁短叹，不能成文，

心中的话语，无法一一表达。

入东道路

此诗作于元嘉五年(428年)春。据《宋书·谢灵运传》记载,元嘉三年初,灵运在朝廷的再三敦促下进京,重入仕途。他本打算能够借此机会施展一下自己的政治才能,有一番作为。可宋文帝刘义隆只把他看作文学侍从之臣,只想让他陪着自己闲游观赏,并不让他参预国家机要。灵运很不平,就常常称病不上朝,而热衷于插篱种树,游赏山水。文帝很不高兴,放出话来让他辞职。灵运就上表说自己得了疾病。文帝自然给他假期,许他东归始宁养病。此诗就写于回乡途中。灵运用华丽的词藻细致地描绘了途中看到的迷人春色,以此衬托他逃离尘网后轻松愉快的心情。诗的最后六句，写诗人要向鲁仲连、季札等古代的贤哲学习，再次避世隐居，以保持高洁的情操。

整驾辞金门①，命旅惟诘朝②。怀居顾归云，指途溯行飙③。属值清明节④，荣华感和韶。陵隰繁绿杞⑤，墟囿粲红桃⑥。鷕鷕翚方雊⑦，纤纤麦垂苗。隐轸邑里密⑧，缅邈江海辽⑨。满目皆古事，心赏贵所高。鲁连谢

---

① 金门：即金马门，汉代宫门名，因门旁有铜马而得名。这里借指朝廷。 ② 命旅：叫车夫驾车上路。诘朝（jié zhāo 洁招）：清晨。 ③ 指途：指着前方的路。溯（sù 诉）：原义是逆流而上，这里是迎风前进的意思。 ④ 属（zhǔ 主）：适值，恰好。 ⑤ 陵：大土山。杞（qǐ 起）：指枸（gǒu 狗）杞，一种落叶灌木。 ⑥ 粲（càn 灿）：鲜明。 ⑦ 鷕鷕（yǎo 咬）：雌野鸡的叫声。翚（huī 挥）：长着五彩羽毛的野鸡。雊（gòu 够）：野鸡叫。⑧ 隐轸（zhěn 诊）：连绵词，也作“殷赈”，形容稠密、众多。邑里：村落。 ⑨ 辽：远。

千金①，延州权去朝②。行路既经见，愿言寄吟谣③。

【翻译】

备好车马，辞别朝廷；

迎着朝阳，踏上东归的旅途。

怀念故居的心情是那么殷切，

白云也好像朝着回乡的方向飘浮。

顶风前进，一路观赏景物。

正是清明时节，花木茂盛，

春光也分外和煦。

高坡上，洼地里，

丛丛枸杞枝繁叶茂，一片浓绿；

村落中，园林内，

株株桃树红花鲜艳，充满生机。

---

①“鲁连”句：齐人鲁仲连曾凭借贤德和口才，使围困赵都邯郸的秦军退兵五十里。赵国公子平原君想给他封官，仲连固辞不受；又用千金相赠，仲连也不接受。②“延州”句：吴公子季札，是吴王寿梦第四子，有贤才，吴王欲立他为太子，季札推让，仍立长子诸樊；寿梦死，诸樊又要让位，季札坚辞不受；诸樊死，二弟余祭继位；余祭死，三弟余昧继位；余昧死，吴人又欲立季札，季札仍然不愿接受，只好去国逃走。③言：助词，无义。寄：寄托。

五彩的野鸡在欢快地鸣叫，
纤长的麦苗，柔弱的叶子向下弯垂。
路过一个个乡村，渡越一道道江河。
件件古事，仿佛历历在目，
心中暗自赞美那古代贤哲的志趣高洁。
鲁仲连仗义救赵，辞谢千金厚礼；
吴季札为了让位，暂且远离祖国。
一路之上，遐想先哲的事迹，
写下了这首小诗，
希望借此把崇敬的心情叙述。

登临海峤初发强中作，与从弟惠连，见羊何共和之

据《宋书·谢灵运传》记载，灵运于元嘉五年(428年)春托病离职，回到始宁隐居，“与族弟惠连、东海何长瑜、颍川荀雍、泰山羊璇之，以文章赏会，共为山泽之游”。元嘉六年(429年)秋，灵运又辞别了惠连等四友，出游远山，此诗即作于这次远游的途中。诗中表达了诗人对惠连等人的思念之情，并流露出仙道思想。此诗自第二章始，每章开头第一个词，是前一章最后一个词，这种写作手法，正是后来的连珠格、顶真等修辞法的前身。临海，郡名，在今浙江省临海市一带。峤(qiáo 桥)，尖而高的山。强中，指强口溪，在今浙江省嵊州市北。从弟，堂弟，指谢惠

连(397—433),灵运从叔谢方明之子。十岁就能写文章,且能书善画,很受灵运赏识,彼此交往甚亲密,时人并称“大小谢”。羊,指羊璇之,字曜璠,曾做过临川内史。何,指何长瑜,谢惠连的家庭教师。和(hè 贺),本义是跟着唱,引申为依照别人诗词的格式或内容写作诗词。本诗题目的意思是,此诗写赠惠连,让惠连在见到羊、何二人时,也把此诗拿给他们读一读,然后三人再各写一首和诗。

杪秋寻远山①,山远行不近。与子别山阿②,含酸赴修畛③。中流袂就判④,欲去情不忍。顾望脰未悁⑤,汀曲舟已隐⑥。

隐汀绝望舟,骛棹逐惊流⑦。欲抑一生欢,并奔千里

① 杪(miǎo 秒):本义是树梢,引申为末尾、末端。杪秋:暮秋,秋季的最后一个月,即农历九月。 ② 子:古时对男性的敬称。 ③ 畛(zhěn 诊):田间小路。 ④ 中流:河中。袂(mèi 妹):衣袖。判:分开。 ⑤ 顾:回头看。脰(dòu 豆):脖子。悁(juàn 倦):通“痯”,酸痛,疲倦。 ⑥ 汀(tīng 听):水边平地。汀曲:河滩拐弯处。 ⑦ 骛(wù 务):急,快。棹:船桨,这里借指船。

游。日落当栖薄，系缆临江楼①。岂惟夕情敛②，忆尔共淹留③。

淹留昔时欢，复增今日叹。兹情已分虑，况乃协悲端④。秋泉鸣北涧，哀猿响南峦⑤。戚戚新别心，凄凄久念攒⑥。

攒念攻别心，旦发清溪阴⑦。暝投剡中宿⑧，明登天姥岑⑨。高高入云霓⑩，还期那可寻。倘遇浮丘公⑪，长绝子徽音⑫。

---

① 临江楼：在始宁县。谢灵运《游名山志·临江楼》："从临江楼步路南上二里余，左望湖中，右傍长江也。" ② 岂惟：岂止。惟，通"唯"。敛（liǎn 脸）：聚集。 ③ 淹留：长期逗留。④ 况：何况。乃：语气词，无义。悲端：指秋天。《楚辞·九辩》："悲哉，秋之为气也！" ⑤ 峦（luán 栾）：小而尖的山。⑥ 久念：怀旧之情。攒（cuán 窜阳平）：聚在一起。 ⑦ 旦：早晨。清溪：清澈的河水，指强口溪。阴：溪水的南岸。 ⑧ 暝（míng 名）：日落，天黑。剡（shàn 善）：县名，西汉置，属会稽郡，在今浙江省嵊州市一带。 ⑨ 天姥岑（mǔ cén 姥涔）：即天姥山，在今浙江省新昌县南。传说登上此山就能听到仙人天姥的歌声。岑，本义是小而高的山。 ⑩ 云霓（ní 泥）：犹言云天。霓：副虹，雨后天空中与虹同时出现的彩色圆弧。 ⑪ 浮丘公：即浮丘生，古代仙人，传说他曾接引王子乔（周灵王的太子）上嵩山并导之成仙。 ⑫ 长：长久，永远。徽：美好。

【翻译】

暮秋，我要去远方，
寻找一座风景秀丽的山，
要走很长的一段路，
才能实现探寻异景的心愿。
在山的拐弯处与你告别，
踏上漫长的小路，
心中酸楚，充满依恋。
你怀着同样的心情，
依依不舍地送到河边，
我要走了，
忍不住离别的伤痛，泪湿双眼。
船开了，渐行渐远，
我一直在扭头回望，
丝毫也不觉得疲倦，
小船转过一道河弯，
你的身影，再也看不见。

不见你的身影，
我独自乘坐飞驰的小船，
追逐惊涛骇浪。
我宁愿牺牲今生今世的欢乐，

与你同游奔赴千里之外，
跋山涉水，纵情游赏。
太阳落山了，我停泊靠岸，
拴好小船，来到临江楼上。
宁静的夜色中，
离情别绪一起涌上心头，
不由想起你和我在始宁一起度过的美好时光。

回忆往昔，我们同游的欢乐；
今日独行，更添我哀伤的叹息。
离情别绪已使人分外忧虑，
又碰上这肃杀的深秋天气。
北边的溪涧中，泉水在呜咽；
南面的小山上，群猿正哀啼。
新别的忧愁，怀旧的凄凉，
凝聚在心，难以散去。

忧愁凄凉，难以驱散，
时时侵袭我别后的胸怀，
明天一早，从清溪南岸出发。
天黑之时，可投宿在剡中旅舍，
太阳再次升起的时候，

我将攀登天姥山区。
高高的山峰，耸入云端；
回归的日程，无法预知。
如果遇到仙人，我愿随之而去，
你的音讯，或将永远离绝。

石门新营所住，四面高山，回溪石濑，茂林修竹

此诗大约作于元嘉七年(430年)春。开头四句写石门新居就建在高峻的山崖上，远离尘世，人迹罕到。“袅袅”以下十句，写秋去春来，远行的好友，经年不回，诗人的盼归之情，日益迫切；“俯濯”以下六句，用准确生动的语言，描绘了深山密林中的生活情景；最后六句，诗人阐述了玄妙的人生哲理，想以此来安定自己愁烦的心情。整个诗篇写景兼怀人，格调低沉。石门，即石门山，在今浙江省嵊州市西北，是南山的一个分支。回溪，曲折回环的溪涧。石濑(lài赖)，从石上经过的急流。修竹，长竹。

跻险筑幽居①，披云卧石门②。苔滑谁能步③，葛弱岂可扪④。袅袅秋风过⑤，萋萋春草繁。美人游不还⑥，佳期何由敦⑦？芳尘凝瑶席⑧，清醑满金樽⑨。洞庭空波澜⑩，桂枝徒攀翻⑪。结念属霄汉，孤景莫与谖⑫。俯濯石下潭⑬，仰看条上猿。早闻夕飙急，晚见朝日暾⑭。崖倾光难留⑮，林深响易奔。感往虑有复，理来情无存。庶持乘日用⑯，得以慰营魂。匪为众人说，冀与智者论。

---

① 跻(jī 基)：上升，攀登。筑：建造。 ② 披云：拨开云雾。 ③ 步：行走。 ④ 扪(mén 门)：本义是摸，这里是抓住的意思。 ⑤ 袅袅(niǎo 鸟)：微风吹拂的样子。 ⑥ 美人：这里借指朋友。 ⑦ 敦(tuán 团)：团聚，聚拢。 ⑧ 芳尘：即灰尘。加一“芳”字，能使读者产生美感。瑶(yáo 姚)：美玉或玉一样的美石。 ⑨ 醑(xǔ 许)：美酒。樽(zūn 尊)：盛酒的器皿。 ⑩ “洞庭”句：化用《楚辞·九歌·湘夫人》“洞庭波兮木叶下”句，并非实指洞庭之波。 ⑪ “桂枝”句：意思是说，我攀援树枝望友人，却不见他的踪影。揉和了《楚辞》中《九歌·大司命》“结桂枝兮延伫，羌愈思兮愁人”及《招隐士》“攀援桂枝兮聊淹留”二句而化成，不一定是写实。 ⑫ 谖(xuān 宣)：忘记(忧愁)。 ⑬ 濯(zhuó 浊)：洗。 ⑭ 暾(tūn 吞)：红日初升的样子。 ⑮ 光难留：意思是日照时间极短。 ⑯ 庶(shù 树)：副词，表示期望。持：秉持，抱守。乘日：意思是“日出而作，日入而息”。这是道家所推崇的一种自由自在、自然无为的隐居生活。用：作用，好处。

【翻译】

险峻的山崖上，
有我幽静的小屋，
我高卧石门山上，
四周白云缭绕。
崖边人迹罕至的小路上，
长满滑腻的绿苔，
纤弱的葛藤从崖上垂落，
没有人敢拽着它攀高。
柔柔的秋风吹过之后，
青青的春草又开始繁茂。
远游的好友，经年不归，
聚会的佳期，何时再来？
那华美如玉的坐垫上，
已罩满了尘埃；
金杯中注满了清纯的美酒，
却与谁共同一醉？
湖面上，波浪滚滚，
不见归来的船帆；
我攀援桂枝徒然张望，
无奈地承受着离愁的煎熬。
思念之情，像云天一样深远，

孤影独处，孤游无伴，
又怎能把满怀的愁绪忘掉。
俯身捧起岩下清洁的潭水，
洗一把脸，抬头仰看，
茂密的树枝间猿群在哀鸣，在荡跳。
在这高山密林之中，
昼夜不分，东西不晓。
傍晚，狂飙骤起，
误以为晨风怒吹；
清晨，朝日初升，
又当成夕阳残照。
岩崖倾斜，阳光难以停留；
森林深广，林涛声势浩浩。
感念离别的愁苦，
忧愁萦绕在胸中；
然而一旦悟出人生的真谛，
一切私情杂念，
就会荡然无存，不留分毫。
我愿遵循乘日遨游的生活方式，
以此安慰我的心灵；
从此淡漠世事，安居逍遥。
这番道理，难以对俗人讲清，
只希望能与富有智慧的人一起探讨。

石门岩上宿

此诗大约作于元嘉七年(430年)秋。写诗人夜宿石门别墅,玩景赏月。寒凉而静谧的秋林中,时闻倦鸟夜啼,落叶簌簌,此外便是难耐的沉寂。此时此刻,诗人想起久去不归的挚友,内心愈觉孤独凄凉。此诗摹写夜景,抒发情怀,生动细致,曲尽其妙。“鸟鸣识夜栖,木落知风发”二句,更是不假雕饰,清新自然,颇堪玩味,深为历代诗评家所称赏。

朝搴苑中兰[①]，畏彼霜下歇[②]。

暝还云际宿，弄此石上月。

鸟鸣识夜栖，木落知风发。

异音同致听，殊响俱清越[③]。

妙物莫为赏，芳醑谁与伐[④]。

美人竟不来[⑤]，阳阿徒晞发[⑥]。

【翻译】

早上，到园子里摘兰花，

担心秋霜会把花朵摧残。

晚上，回到高入云际的别墅中休息，

玩赏着山石上婆娑的月影，难以入眠。

窗外，传来归鸟疲倦的叫声，

它们在寻找栖息的树干。

---

① 搴(qiān 千)：拔取，摘取。苑(yuàn 院)：本是养禽兽，植树木的地方，这里指花园。兰：即泽兰，一种香草，秋间开花，紫白色。 ② 歇：尽，完。 ③ 殊响：义同“异音”，指各种声响。俱：全，都。 ④ 伐：这里指品赏，赞美。 ⑤ 美人：借指诗人的好友。 ⑥ 阳阿(ē 饿阴平)：古代神话传说中的山，据说是太阳初升时所经过的第一个山丘。徒：徒然，白白地。晞(xī 希)发：晒干头发。此句语本《楚辞・九歌・少司命》：“与女(汝)沐兮咸池，晞女发兮阳之阿，望美人兮未来，临风怳(恍)兮浩歌。”

树叶飘落，簌簌作响，
噢，是起风了——
凉风在寒林中回旋。
静谧的山居，
各种各样的声音，清晰入耳；
听来各具异趣，
又都那么悠扬，那么清远。
可惜如此美妙的夜晚，
却无人同我一起欣赏；
这满壶香醇的美酒，
又有谁能与我同醉共欢。
远行的朋友，依然迟迟不归；
不知不觉中，夜色渐渐褪尽，
东方已经朝霞初染。

初发石首城

元嘉八年(431 年),灵运向朝廷要求决湖为田,宋文帝就命令地方官府给予解决。会稽郡太守孟颛(yǐ 椅)与灵运不和,坚决不同意决湖。灵运就散布言论,毁损孟颛。孟颛抓住灵运行为放诞的弱点,一面上疏文帝,说灵运有叛逆之志,一面调集军队进行防卫,如临大敌。灵运得知,急忙奔赴都城建康,上表为自己辩护。文帝知其被诬告,不加罪,但也不让他再回始宁,于元嘉八年冬,命令他前往临川(今江西省抚州市西南)担任内史(诸王国内所设的行政职务,略等同于直属中央政府的郡太守)。此诗即作于离都城赴临川之时。

全诗分四层："白圭"以下八句，叙述被诬与不罪之事，揭露并贬斥了孟颉的险恶用心，歌颂了宋文帝的圣明宽容；"出宿"以下八句，写自己再次背井离乡，辞别亲友，出任外官，前途渺茫，归来无期，隐约流露出对这次外任的不满；"游当"四句写自己打算借这次出任之机去游历名山大川；最后四句，写自己缅怀古人，心中产生共鸣，决心向古人学习，保持高风亮节，不向恶势力低头。石首城，即石头城，又名石城，在建康西面，下临长江，是灵运离京赴任的第一站。

白圭尚可磨①，斯言易为缁②。虽抱《中孚》爻③，犹

---

① 圭(guī 归)：古代帝王、诸侯举行隆重仪式时所用的玉制礼器，上圆或尖，下方。 ②"斯言"句：揉和了《诗经·大雅·抑》中"斯言之玷，不可为也"及《论语·阳货》中"不曰白乎，涅而不缁"两句而化成。斯：这。斯言，指孟颉对灵运的诬告。缁(zī 资)：黑色。 ③ 抱：抱定，坚持。《中孚(fú 浮)》：《周易》六十四卦之一。爻(yáo 姚)：组成卦的符号，这里指用来说明各爻爻象的文词，即爻辞。《中孚》卦第二爻的爻辞说："鸣鹤在阴，其子和之，我有好爵，吾与尔靡之。"这里借指一种亲密无间、坦诚无私的人际关系。

劳贝锦诗①。寸心若不亮②，微命察如丝③。日月垂光景，成贷遂兼兹④。出宿薄京畿⑤，晨装抟曾飔⑥。重经平生别，再与朋知辞。故山日已远⑦，风波岂还时。迢迢万里帆，茫茫终何之？游当罗浮行⑧，息必庐霍期⑨。越

---

① 贝锦：绣有贝壳形花纹的丝织品。语本《诗经·小雅·巷伯》："萋兮斐兮，成是贝锦。"大意是说，恶人罗织别人的罪名进行诬陷，并把诬告之词文饰得就像彩色的贝锦一样，好迷惑别人，使人相信。 ② 亮：通"谅"，体谅的意思。 ③ 察：观察，看起来。 ④ 成贷：成，成全；贷，施（恩）。用《老子》"善贷且成"语。遂：就。兼兹：兼任此职。 ⑤ 薄：迫近，靠近。京畿（jī 机）：京城四周的地区，这里指石首城。 ⑥ 抟（tuán 团）：乘（风）。曾飔（sī 思）：高风。曾，通"层"。 ⑦ 故山：指始宁东山。 ⑧ 罗浮：山名。在今广东省境内，绵亘数百里，风景秀丽，相传晋葛洪修道于此。 ⑨ 庐：指庐山，在今江西省北部，濒临长江，峰岭相连，气象万千。霍（huò 或）：指霍山，又叫天柱山，在今安徽省霍山县西北。

海凌三山①，游湘历九嶷②。钦圣若旦暮③，怀贤亦凄其④。皎皎明发心⑤，不为岁寒欺。

【翻译】

白圭上有了污点，可以磨去；

遭到恶人的诬告，却叫人有口难辩。

我待人坦诚无私，

谁知还是有人罗织罪名，将我诬陷。

如果一片真心不被体谅，

微贱的生命，就会像细丝一样容易折断。

幸运的是，皇上光照四海，洞察一切，

正如日月经天，恩惠有加，不予治罪，

只让我远离故乡，出守临川。

---

① 凌：升，登。三山：指传说中的海上三仙山，即瀛洲、蓬莱、方丈。 ② 湘：即湘江，源于今广西省灵川县东部，经湖南省境内注入洞庭湖。九嶷（yí 疑）：山名，又名苍梧山，在湖南省宁远县南，传说舜帝南游而死，葬于此。 ③ 钦（qīn 亲）：恭敬，敬重。圣：指舜，传说中圣明的上古帝王。暮：日落的时候。 ④ 贤：贤人，指战国时楚国贤臣、诗人屈原（约前 340—约前 278）。他为谗言所中，被流放到沅湘流域，最后含恨投汨罗江而死。灵运此番外任，遭遇与屈原相似，因此念及古人，颇觉凄然。其：助词，无义。 ⑤ 皎皎（jiǎo 狡）：洁白明亮。明发：天亮。

离开京城，夜宿近郊；
晨起整装，乘风向前。
今生今世，再一次离乡背井，
辞别良朋知己，扬起孤独的船帆。
故乡的山水，日渐远去，
风波险恶，何时才能回还？
万里迢迢，扁舟一叶，
前途茫茫，究竟该飘向何方？
还是先去攀登罗浮，
再上庐山、霍山。
驾船出海，到仙境探幽；
泛舟湘江，踏上九嶷之巅。
怀着崇敬的心情，
悼念葬在这里的圣王，
虽然远隔千代，
却觉得只是清晨到傍晚；
缅怀含恨投江的贤人，内心产生共鸣，
顿觉一阵悲凉，一丝凄惨。
只要一颗心，像早晨的天空那样明亮高洁，
就不怕恶人的欺凌，
就能像松柏一样，
傲然挺立，不畏严寒。

道路忆山中

此诗作于元嘉九年(432年)春诗人赴临川郡途中。前八句写听到有人在唱楚地民歌《采菱》调,不禁想起了家乡的民歌《江南》曲。楚歌使诗人联想到屈原的遭谗言、被放逐,乡曲又勾起了诗人强烈的思乡之情,使他对自己受诬陷、被远遣的不平遭遇,产生了愤懑不满的情绪;“追寻”以下八句,写诗人在有乡不能回的情境下,不觉想起昔日在始宁东山的田园生活,点明了题目“道路忆山中”;最后六句,写诗人为了排遣归思,自己调弦抚琴,又命人吹笛相和,想借助音乐来冲淡浓重的忆旧伤怀之情,发泄胸中的悲愤不平之气。

《采菱》调易急①,《江南》歌不缓②。楚人心昔绝③,越客肠今断④。断绝虽殊念⑤,俱为归虑款⑥。存乡尔思积,忆山我愤懑。追寻栖息时⑦,偃卧任纵诞⑧。得性非外求⑨,自已为谁纂⑩?不怨秋夕长,常苦夏日短。濯流激浮湍,息阴倚密竿⑪。怀故叵新欢⑫,含悲忘春暖。凄凄《明月吹》⑬,恻恻《广陵散》⑭。殷勤诉危柱⑮,慷慨命

①《采菱》:古代楚地流行的歌曲名。 ②《江南》:古代越地(今浙江省一带)流行的歌曲名,属乐府《相和曲》,又名《江南可采莲》。 ③ 楚人:指屈原。 ④ 越客:灵运自称。 ⑤ 殊:不同。 ⑥ 款:叩击,撞击。 ⑦ 追寻:追忆。栖息:谓隐居。 ⑧ 偃:仰卧。卧:趴伏。偃卧:仰着、趴着都可以。任:任意。诞:放荡。全句的意思是说,生活在自己的家园里,可以纵情放肆,不受礼法的约束。 ⑨"得性"句:这句合下句,语本《庄子·齐物论》:"夫吹万不同,而使其自已也,咸其自取,怒者其谁邪。"大意是说,所谓天籁,是风吹自然界各种孔穴而产生的声音,这些声音之所以会千奇百怪,是由于孔穴自身各不相同而造成的,并非有什么其他的因素在鼓动、制约。灵运在此是用的引申意义,即依着自己的天性而生活,不受外力的约束,也不向外界索取。 ⑩ 自已:得性自止的意思。纂(cuàn窜):这里是取的意思。 ⑪ 阴:指阴凉处。 ⑫ 叵(pǒ破上声):不可。 ⑬《明月吹》:笛曲名,即古乐府《横吹曲》中的《关山月》,又名《伤别离》。 ⑭ 恻(cè册):悲痛。《广陵散》:古琴曲名,三国时魏国贤人嵇康临死受刑时,曾弹奏此曲,抒发悲怀。 ⑮ 殷勤:情感深切。危柱:犹言急柱,指急速的琴声。柱,系琴弦的小木,这里借指琴。

促管①。

【翻译】

路上，听到有人在唱楚地流行的《采菱》歌，

不由想起了家乡的《江南》曲。

也许，唱歌的人与我同样激动，

歌声才显得那么高亢急促。

《采菱》使我联想到屈原——

被流放的贤臣，

当时一定悲愤欲绝；

《江南》又勾起我深深的乡思，

令人肝肠寸断，痛入肺腑。

虽然我们相隔数百年，

内心却是被同样的思归之情强烈地冲击。

心存故乡，

你的心中一定积聚着难熬的苦闷；

怀念家园，

我满腔的悲愤也无法排遣，无处倾诉。

我回想起在故乡隐居时那段美好的日子——

① 慷慨：情绪激昂。促：急促。管：指笛、箫一类的管乐器。促管：指激越的笛声。

纵情任性，无拘无束。
本着自己的天性生活，
既不受他人支配，
也不向外界求索。
从不怨秋天的夜晚漫长，
倒是嫌夏季的白天短促。
为了尽情地游乐享受，
恨不能让时光的脚步留住。
在急流中沐浴冲洗，
溅起朵朵浪花；
在浓荫中乘凉休息，
背靠着茂密的翠竹……
美好的回忆并没有给眼前的现实带来欢乐，
满腔的悲愤已使我感觉不到这春光的美丽。
我要把深切的感受、激昂的情绪，
诉诸琴声，诉诸笛曲。
听吧——
《明月吹》凄凉悲痛，
《广陵散》如泣如诉。

入彭蠡湖口

此诗作于元嘉九年(432年)春末诗人前往临川赴任的途中。诗人乘船逆长江而上,复折向南入彭蠡(lǐ里)湖。一路览物伤情,感慨万千。前四句是说,水路风高浪急,自己已身心俱疲;“乘月”以下四句是对清新秀媚的春景的描写;“千念”二句是说,眼前景物虽美,但诗人由于遭谗被贬,心中充满乡思离愁,无心欣赏;“攀崖”八句,写诗人强打精神,登山观览,徘徊吊古,寻求灵异,但一无所获,深深感到一种“天地闭,贤人隐”的痛苦;最后两句,写诗人想借音乐来舒解烦忧,而一曲奏完,忧思反而更深。彭蠡湖,即今江西省鄱阳湖,通长江,湖口在今江西省湖口县一带。

客游倦水宿[①],风潮难具论。洲岛骤回合[②],圻岸屡崩奔。乘月听哀狖[③],浥露馥芳荪[④]。春晚绿野秀,岩高白云屯。千念集日夜,万感盈朝昏。攀崖照石镜[⑤],牵叶入松门[⑥]。三江事多往[⑦],九派理空存[⑧]。灵物吝珍怪[⑨],异人秘精魂[⑩]。金膏灭明光[⑪],水碧辍流温[⑫]。徒

---

① 客:诗人自指。 ② 骤:屡次,多次。回:绕过。合:靠近。回合:绕过一座小岛,又驶向另一座。 ③ 狖(yòu 又):猿类的一种。 ④ 浥(yì 义):沾湿。馥(fù 复):香,香气。荪(sūn 孙):一种香草。 ⑤ 石镜:在石镜山上。石镜山是庐山的支峰,它的东侧有一圆石,悬崖明净,可照见人形,称作石镜,山也因此而得名。 ⑥ 牵叶:攀着树枝。松门:指松门山。在今江西省都昌县南,因山上遍布松树而得名。 ⑦ 三江:指注入彭蠡湖的三条江。其具体所指,今已不可确考。 ⑧ 九派:指长江中游的九条支流,其具体所指,说法不一,今已不可确考。理:地理。此句合上句是说,由于古今地理变迁,关于“三江”、“九派”的种种说法已无法考知详情,仅留空名。 ⑨ 灵物:灵异之物,指下面所说的金膏、水碧等。 ⑩ 异人:不同于凡俗的人,即仙人。精魂:灵魂。这句合上句是说,传说中的灵物、异人,今天都见不到了。 ⑪ 金膏:即黄金之膏,是传说中的一种宝物。 ⑫ 水碧:即水晶石,是古人眼中的稀世宝物。辍(chuò 绰):停止。流温:散发温润的光泽。

作千里曲①,弦绝念弥敦②。

【翻译】

连日的水上生活,

远行的旅人已深感疲倦;

途中遭受的狂风恶浪,

更难一一详谈。

只记得一座座小岛,

从船边一掠而过;

浪头一次次扑来,

撞碎在岸边犬牙交错的礁石上,

水花飞溅。

离船上岸,

乘着惨白的月光,

倾听山猿的哀啼;

冒着湿漉漉的晨露,

呼吸着野草的清香,留连忘返。

暮春的田野,

---

① 徒:徒然。作:这里是弹奏的意思。千里曲:指琴曲《别鹤操》,又名《千里别鹤》。② 弦绝:指曲终。弥(mí 迷):更加。敦:深厚,深切。

一片浓郁的绿色；
高峻的岩石，
白云飘聚在四周，
衬着蓝蓝的天。
乡思离愁，千头万绪，
日夜萦绕在心间。
攀上石镜崖，
观赏那块光滑如镜的圆石；
登上松门山，
俯看那片茂密的松林，茫茫无边。
只可惜，三江的事迹已成过去，
九派的记载，只存空言。
灵物吝惜它的珍贵奇妙，
仙人们也隐藏不再显现。
金膏的光芒已经熄灭，
温润的水晶早已不见。
怀着失望的心情，
弹琴聊以解闷；
谁知一曲奏罢，
思乡之情反而更加深切缠绵。

入华子冈是麻源第三谷

此诗作于元嘉九年(432年)冬。据《宋书·谢灵运传》记载,灵运任临川内史后,仍旧不理政事,终日游山玩水,同在永嘉时一样。这首诗为到任以后,游华子冈时所作。开头十句,写华子冈风景秀美宜人,曾吸引了许多高人隐士来此游览或栖息,自己这次冒险登上绝顶,颇有飘飘欲仙之感;"羽人"以下六句,是说所谓的仙人,了无踪影,自己开始对华子期在此山成仙的传说产生了怀疑;最后四句是说,自己游览山水,只是为了一时的享受,并非为了名垂青史以期后人久远传述。华子冈,山名,在今江西省南城县西南。传说甪(lù录)里先生(汉初著名隐士、商山四皓之一）的弟子华子期，飞升到此山之顶，得道成仙。麻源，今江西省南城县西南二十二里有麻姑山，山顶有古坛，传说女仙麻姑得道于此，坛东南既有池又有瀑布，坛的西北即是麻源。麻源共有三道山谷，第一为麻姑山南涧，第二为北涧，第三就是华子冈。

南州实炎德，桂树凌寒山。铜陵映碧涧①，石磴泻红泉②。既枉隐沦客③，亦栖肥遁贤④。险径无测度⑤，天路非术阡⑥。遂登群峰首⑦，邈若升云烟⑧。羽人绝仿佛，丹丘徒空筌⑨。图牒复磨灭，碑版谁闻传⑩？莫辨百世后，安知千载前。且申独往意⑪，乘月弄潺湲。恒充俄

① 铜陵：指铜山，在今江西省南城县西南。 ② 石磴（dèng邓）：石阶。红泉：因泉水中含有朱砂等杂质，水色呈朱红，故称红泉。 ③ 枉：劳驾暂游的意思。 ④ 栖：结庐久居的意思。肥：通“飞”。遁（dùn顿）：隐去。 ⑤ 无测度：无法用尺寸来丈量。 ⑥ 术：城镇中的道路。阡（qiān千）：田间小路，东西为陌，南北为阡。 ⑦ 群峰首：指华子冈。 ⑧ 邈（miǎo秒）：高远。 ⑨ 丹丘：传说中仙人所居之地，昼夜长明。筌（quán全）：捕鱼的竹器，这里指代言语。语本《庄子·外物》：“筌者所以在鱼，得鱼而忘筌……言者所以在意，得意而忘言。”庄子以忘筌比喻忘言。 ⑩ 闻：听说。 ⑪ 独往：是道家的用语，有一任自然不顾世俗的意思。

顷用①，岂为古今然②。

【翻译】

南方的气候的确温暖，

已是寒冬季节，

山上的桂树依然叶茂枝繁。，

铜山，倒映在澄碧的涧水中；

盘山的石阶上，

流淌着红色的山泉。

神秘美丽的华子冈，

吸引着高人隐士们，

前来游赏奇景，结庐山间。

山路陡峭险峻，不可测度，

显然不是人间的坦途，

倒像天梯一般。

我奋力登上最高的山峰，

脚下云雾缭绕，

顿觉飘飘欲仙。

---

① 恒充：常备。俄顷：顷刻间，一会儿。用：享受。 ②“岂为”句：这句合上句是说，我遗世独往，玩景适情，不过为了一时的享受，并不是因为尊古卑今并妄想名垂后世。

极目四望——
传说中的仙人，了无踪影；
仙人在此隐居修道的传说，
看来不过是虚语妄言。
既无图籍正式记载，
也无碑刻予以证实，纯属荒诞。
人们无法预测百世后事，
又怎能得知千年以前？
我只想舒展独来独往的志趣，
借着皎洁的月光，
观赏流水潺潺。
不管百世之后，
抛却千载以前，
尽情享受这美好的夜晚。

临　终

据《宋书·谢灵运传》记载，灵运在临川郡游乐放荡，不尽职责，被当地官吏检举。朝廷派人来逮捕他，灵运被迫无奈，就将来人扣留，兴兵反叛，兵败被擒。按刑律当斩，宋文帝刘义隆念他是功臣谢玄之后，降罪免死，流放广州。不久，又被控纠聚村民，图谋造反。官吏又要求依法治罪，宋文帝便“诏于广州行弃市（在闹市执行死刑，把尸体暴露在街头）刑”。当时是元嘉十年（433年），诗人年仅四十九岁。此诗即作于临刑之时。前四句赞颂了历史上忠于正统王朝的人物，暗寓怀念晋室、鄙视刘宋之意；“凄凄”以下八句，控诉了刘宋王朝对自己的迫害，叹惜自己不能终老山林，竟然丧生刑场；最后两句，诗人想以佛教思想来安慰自己。

龚胜无余生①，李业有终尽②。
嵇公理既迫③，霍生命亦殒④。
凄凄凌霜叶，纳纳冲风菌⑤。
邂逅竟几何⑥，修短非所愍⑦。

---

① 龚胜：参见《庐陵王墓下作》“龚胜”条的注文。 ② 李业：东汉梓潼县（今属四川省）人，字巨游。王莽当政时，他托病辞官，隐居山林。后来公孙述据益州称帝，征李业为博士，固辞不就。几年后，公孙述派人持毒酒威胁李业要么受公侯之位，拥护并扶植公孙氏；要么去死，李业毅然饮毒而死。 ③ 嵇（jī 机）公：指嵇绍（253—304），西晋谯郡铚（今安徽省宿州市西南）人，字延祖，嵇康之子。永兴元年，晋惠帝司马衷御驾亲征，讨伐成都王司马颖。兵败荡阴，百官侍卫各自逃散，唯独嵇绍以身掩护惠帝，使他死里逃生。嵇绍却被乱箭射死。理：名分。理既迫：这里是说按君臣的名分，臣子的生命属于君王，臣子必须以自己的生命来保卫君王。④ 霍生：指霍原，西晋广阳（今北京市西南）人，字休明。王浚图谋篡位称帝，派人请教霍原，霍原不予理睬。王浚怀恨在心。当时有这样一首歌谣：“天子在何许？近在豆田中。”（见《晋书·霍原传》）王浚以为豆田隐指霍原（霍通“藿”，豆叶），就将他杀了。 ⑤ 纳纳：濡湿的样子。冲风：迎风。菌：指蘑菇。 ⑥ 邂逅（xiè hòu 谢后）：欢乐的样子。 ⑦ 修短：长短，此取偏义，指生命短促。愍（mǐn 敏）：怜悯，哀怜。

送心正觉前①，斯痛久已忍。
恨我君子志②，不获岩上泯③。
唯愿乘来生④，怨亲同心朕⑤。

【翻译】

龚胜不肯苟且偷生，绝食而死；
李业不愿为虎作伥，饮毒自尽。
嵇绍为了保护君王，以身殉职；
霍原因为反对篡位，引火自焚。
今天，我走向刑场，
要步他们的后尘。
心中悲凉，就像寒霜笼罩下的枯叶；
步履维艰，如同被风雨冲刷的野菌。
没有欢乐的生命，
虽然短暂，却不必怜悯。
只是，尚未悟出人生的真谛，

---

① 送心：死。本《周易·困·象传》"君子以致命遂志"之意。正觉：指佛教徒通过修行所达到的洞明真谛、大彻大悟的最高境界，也即成佛。 ② 恨：遗憾，不满意。 ③ 泯(mǐn 敏)：灭，尽。 ④ 来生：佛教认为人死后可再次投生，即生死轮回。 ⑤"怨亲"句：语本"佛教慈悲，冤亲平等"的佛教思想。怨亲，同"冤亲"。心朕(zhèn 震)：犹言心迹。

就身陷死地；
这种无奈的伤痛，
久久地折磨着我的心。
我胸怀高洁的隐居之志，
却丧身刑场，
不能终老山林。
但愿来世再次投生的时候，
能够不分仇敌亲友，
一概对待，一视同仁。

乐　府

燕　歌　行

据宋郭茂倩《乐府诗集》卷三十二《相和歌辞·平调曲·燕歌行》所收，现存最早的《燕歌行》歌词是魏文帝曹丕的《秋风》、《别日》两首，写“时序迁换，行役不归，妇人怨旷无所诉也”（见《乐府解题》）。灵运此篇为拟曹丕之作，描写了一位女子对征戍边城、久去不归的丈夫的深切思念。全诗以女子的口气写成，辞情哀婉动人。燕（yān 淹），古地名，约相当于现在的河北省北部及辽宁省南部。乐府诗题目上冠以地名，本用来表示曲调的地方特色，到后来曲调失传，作者便用来咏各地的风土。燕是北方边地，历代征戍不绝，所以《燕歌行》多用来写离别。

歌行(或简称"行"),是乐府诗和古诗的一种体裁,如《长歌行》、《短歌行》、《燕歌行》、《豫章行》等等。按,乐府本是指主管音乐的官署,后来渐渐地成了一种诗体的名称,指那些由乐府(官署)采制的可以入乐的诗歌及后世摹仿乐府古题而创作的并不入乐的诗歌。

孟冬初寒节气成①,悲风入闺霜依庭②。
秋蝉噪柳燕辞楹③,念君行役怨边城。
君何崎岖久徂征④,岂无膏沐感鹳鸣⑤。

---

① 孟冬:初冬,即农历十月。 ② 悲风:寒风。这里把人的悲伤情绪赋予无知无觉的风,是拟人化的手法。闺(guī归):女子居住的内室。 ③ 楹(yíng迎):柱子。 ④ 崎岖(qí qū奇区):本指山路不平的样子,这里是比喻生活艰苦。徂(cú殂):前往。征:出征,指从军守边。 ⑤ 膏沐:指头油之类的美容用品。语本《诗经·卫风·伯兮》:"自伯之东,首如飞蓬。岂无膏沐,谁适为容。"大意是说,自从夫君去东征,自己整天蓬头垢面,不作打扮,不是没有膏沐,而是因为打扮好了也无人欣赏。鹳(guàn贯):一种水鸟,像白鹤。感鹳鸣:语本《诗经·豳风·东山》:"鹳鸣于垤,妇叹于室。"《东山》一诗也是写妻子怀念远征的丈夫。

思君不乐泪沾缨，辟窗开幌弄秦筝[1]。

调弦促柱多哀声[2]，遥夜明月鉴帷屏[3]。

谁知河汉浅且清，展转思服悲明星[4]。

【翻译】

初冬季节，天气变冷，

凉风透过窗隙，吹入室内，

一层寒霜，铺在小院之中。

柳枝上，几只垂死的秋蝉，

发出无奈的刺耳的叫声；

柱子上，那双形影不离的燕子，

已飞回温暖的南方，燕巢成空。

又思念起戍守边城的夫君，

心中充满哀怨之情。

边疆的生活该是多么艰苦，

---

① 辟（pì 僻）：开。幌（huǎng 谎）：帷幔。弄：弹拨。秦筝（zhēng 争）：一种弦乐器，十二条弦，形状像瑟。传说由秦人蒙恬改制而成，故称秦筝。 ② 调弦促柱：即促柱调弦，指扭紧琴柱、调正弦音等这些弹奏前的准备工作。柱，系琴弦的小木。 ③ 鉴：照。 ④ 展转：同“辗转”，是说睡不着时不停地翻身。思服：二字同义，思念，语本《诗经·周南·关雎》：“求之不得，寤寐思服，悠哉悠哉，辗转反侧。”

回乡的路上，
为何久久不见你的身影？
没有你在身边，
我对梳妆打扮也毫无热情。
只是天天想，夜夜盼，
泪水沾湿了衣襟；
我打开窗户，撩起帷幔，
弹起秦筝，抒发满腔的思念。
琴声悲切哀婉，
夫君啊，你是否能听见？
漫漫长夜，只有月儿，
照进屏风，与我作伴。
天上的银河，又清又浅，
可怜牛郎织女，相隔两岸；
我悲伤地思念夫君，难以入眠，
那孤独的启明星，
又悄悄地出现在东方的天边。

豫　章　行

据《乐府诗集》卷三十四《相和歌辞·清调曲·豫章行》记载，灵运此篇也是拟古之作，抒写人生短暂，年华易逝，失意忧愁，无可奈何。但于颓废落寞中似乎也透露出了一点旷达与平静。

短生旅长世①，恒觉白日欹②。

---

①“短生”句：以短暂的个人生命寄旅漫长的人世。②“恒觉”句：大意是说，总是觉得时间过得飞快。恒，经常，常常。白日欹（qī 七）：太阳西斜。欹，倾斜。

览镜睨颓容①，华颜岂久期②。

苟无回戈术③，坐观落崦嵫④。

【翻译】

时间的长河，无始无终；

人生却如此短暂；

总觉得朝霞刚刚升起，

一转眼已经日薄西山。

镜中的我，脸上写满衰老，

无情的岁月，消尽了青春的容颜。

既然无法让时光倒流，

就该静静地顺应它，

坐视那无奈的夕阳渐渐走向黑暗。

---

① 览：看。睨（nì 逆）：斜视，这里含有不情愿、无可奈何的意思。 ②“华颜”句：青春的容貌不能久驻。 ③ 苟：如果，假如。回戈术：据《淮南子·览冥》记载，楚人鲁阳文子与韩国作战，正打得激烈时，天晚了，为了继续作战，鲁阳就拿戈（一种兵器）向太阳一挥，太阳便往回倒了九十里。 ④ 崦嵫（yān zī 烟资）：山名，在今甘肃省天水市西。古代神话传说，太阳每天都在此山隐落。这句合上句是说，如果没有回戈术，就只能眼睁睁地看着时间流逝。

悲 哉 行

《乐府诗集》卷六十二《杂曲歌辞》有《悲哉行》。所收歌辞，最早的是陆机的“游客芳春林”一首，《乐府解题》认为是“言客游感物忧思而作也”。灵运此篇是拟陆机之作，写自已由于仕途坎坷、远离故乡及亲友，目睹初春美景，反而加深了感伤情绪及对亲友的思念之情。

萋萋春草生①，王孙游有情。差池燕始飞②，夭袅桃

---

① 萋(qī 七)萋：草木茂盛的样子。 ② 差（cī 疵）池：不整齐。鸟儿飞翔时羽毛显得参差不齐。

始荣①。灼灼桃悦色②，飞飞燕弄声。檐上云结阴③，涧下风吹清。幽树虽改观④，终始在初生⑤。松茑欢蔓延⑥，樛葛欣虆萦⑦。眇然游宦子⑧，晤言时未并⑨。鼻感改朔气⑩，眼伤变节荣。侘傺岂徒然⑪，缅漫绝音形⑫。风来不可托，鸟去岂为听。

【翻译】

春天来了，原野上长满绿油油的青草；

王孙公子们在草地上尽情地追逐嬉笑。

南国的燕子，已翩翩飞来；

柔润的桃枝上，

---

① 夭袅（yāo niǎo 腰鸟）：形容树枝屈曲而柔韧。荣：开花。 ② 灼（zhuó 浊）灼：形容鲜艳明亮。 ③ 云结阴：是说云朵聚集在一起，遮住了阳光。 ④ 改观：一改原来干枯的形象，开始有了绿色的生机。 ⑤“终始”句：盎然的春意始终表现于那些新生的叶芽（而不是逢春的枯木）。 ⑥ 茑（niǎo 鸟）：即茑萝，一年生草本植物，它的茎须缠绕在其它植物上方能生长，叶子呈丝状，花冠细长，呈红色或白色。 ⑦ 樛（jiū 纠）：这里指向下弯曲的树。葛（gé 革）：多年生草本植物，茎蔓生，大叶，花紫红色。虆（léi 雷）萦：缠绕。 ⑧ 眇（miǎo 秒）然：渺小的样子。游宦（huàn 换）子：在外做官的人，诗人自指。 ⑨ 时未并：时机未到。 ⑩ 朔气：寒气。 ⑪“侘傺”句：意思是说，心情不好不是没有原因的。侘傺（chà chì 岔斥）：失意的样子。 ⑫ 缅漫：遥远的样子。

初开的花朵宛如少女含羞带娇。
那鲜艳的花瓣，
呈现出迷人的色调；
翩翩起舞的飞燕，
也在欢快地鸣叫。
野亭檐角的上空，
彩云悠悠地飘；
山涧中传来清新的风，
吹拂着香花绿草。
枯皱的老树，
虽然也泛出新绿，
却只有一簇簇初生的幼芽，
才能涌起盎然的春潮。
茑萝攀附在松树上，
顺当地生长；
葛藤缠绕在樛木上，
更加枝繁叶茂。
我孤身一人在外飘零，
不知何时才能再见我的亲友故交。
沐浴着春天的气息，感慨万千；
观赏着美好的景色，忧伤烦恼。
远离亲友，音讯断绝，

怎能叫人心情转好？
春风习习地吹来，
却无法把我的思念寄托；
鸟儿翩翩地飞去，
又怎能把我的问候捎到？

鲍照诗

杂诗

还都道中(三首选一)

这是由三首短诗构成的一组诗,大约作于宋文帝刘义隆元嘉十七年(440年)初冬。鲍照大约于元嘉十六年(这时鲍照大约二十六岁)开始步入仕途,为临川王刘义庆的国侍郎。当时,义庆为卫军将军、江州(在今江西省九江市西南)刺史。元嘉十七年十月,义庆改任南兖州(治所在今江苏省扬州市西北)刺史,鲍照又随义庆还京都建康(今江苏省南京市),并回家省亲;随即取道京口(今江苏省镇江市),到广陵(今江苏省扬州市)赴任。这组诗即作于由江州返回建康的途中。主要是写诗人在东归途中的所见所感。这里所选的是其中的第一首。

诗人怀着喜悦而又急切的心情踏上了回乡的路程。旅途之上，风急浪恶，时闻孤兽夜啼，离雁哀鸣。这肃杀的景象，使诗人倍感孤独凄凉。此诗寓情于景，以景写情，情景交融，十分感人。

悦怿遂还心①，踊跃贪至勤②。
鸣鸡戒征路③，暮息落日分。
急流腾飞沫，回风起江濆④。
孤兽啼夜侣，离鸿噪霜群⑤。
物哀心交横⑥，声切思纷纭⑦。
叹慨诉同旅，美人无相闻。

【翻译】

我欣喜异常，回乡的心愿就要实现，
我激动万分，归心似箭。
鸡叫头遍，就急急地踏上归路；

---

① 怿(yì 义)：喜悦。 ② 踊跃：欢欣奋起的样子。至勤：非常辛劳。这句是说诗人(听到回乡的消息后)非常兴奋，不顾旅途的疲劳，急于赶路。 ③ 戒：即戒途，出发或准备登程的意思。 ④ 濆(fén 坟)：水边。 ⑤ 鸿：大型雁类的泛称。 ⑥ 心交横：(悲哀的情绪)交集于心。 ⑦ 纷纭：杂乱的样子。

太阳落山的时候，停船靠岸。
奔腾不息的江流，
溅起高高的浪花；
狂吹的旋风，在江岸边飞卷。
孤独的野兽，在夜色中啼叫同伴；
离群的大雁，也在霜天里声声呼唤。
它们的悲哀，使我内心充满凄苦；
那声声急切的呼叫，更叫人思绪纷乱。
满怀的叹息，无限的感慨，
只能倾诉给同路的旅伴，
家中的亲人却无法听见。

行京口至竹里

元嘉十七年(440年)初冬,诗人取道京口至广陵赴任。在前往京口的途中,路经竹里山,作此诗。

诗人以征途的艰难险恶衬托自己的落寞失意。用语生动准确、惊挺险急,读之令人如身临其境,内心顿觉寒苦。"君子树令名,细人效命力"两句,对于门阀制度下士族贵胄扶摇直上、高官厚禄而寒门子弟只能屈居下位、拼死效力的不平现实,真是一语道破。结尾两句则表现了诗人不甘贫贱、顽强奋斗的精神,于蕴藉中见气骨。

竹里山,在今江苏省句容市北,六朝时是京

口至京都建康的交通要道。

高柯危且竦①，锋石横复仄②。
复涧隐松声，重崖伏云色。
冰闭寒方壮③，风动鸟倾翼。
斯志逢凋严④，孤游值曛逼⑤。
兼途无憩鞍，半菽不遑食⑥。
君子树令名，细人效命力。
不见长河水，清浊俱不息。

【翻译】

高高的树枝，挺拔地耸立着，直刺蓝天；
犬牙般的岩石，有的横阻当道，有的斜向两边。
层层深涧中，隐隐传来阵阵松涛；
重重悬崖上，浓厚的云朵凝聚着，连绵一片。
到处都是坚冰，正是最寒冷的时候，
北风劲吹，把飞鸟的翅膀也吹得倾斜。

---

① 柯(kē 科)：树枝。竦(sǒng 耸)：高耸。 ② 仄：倾斜，偏斜。 ③ 闭：合，冻成一片。 ④ 斯志：这种心意。凋(diāo 刁)：草木衰落。 ⑤ 曛(xūn 勋)：黄昏。 ⑥ 半菽(shū 叔)：士卒吃的伙食，主要是蔬菜，再掺杂一半豆类食品，故称半菽。菽，豆类的总称。遑(huáng 皇)：闲暇，空闲。

意气落寞的寒士，
偏碰上这肃杀的严冬；
孤独无依的行旅，
又正值黄昏落日时刻。
一路风雪兼程，无法解鞍休息；
也没有时间吃点一半蔬菜一半豆类的粗粮，
只好忍饥挨饿。
地位高贵的人想要建功立业，
获得美好的名声；
地位低微的人定要拼死效力，日夜奔波。
请看那长河的水流吧，
总是滚滚向前不停息，
不论清澈还是浑浊。

发后渚

此诗大约作于元嘉十七年(440年)初冬离建康赴广陵时。诗人刚与家人团聚，席不暇暖，又必须立即离家北上。内心的悲苦哀愁无法诉说，只好诉诸诗篇。诗人通过描写沿途所见的自然景物，表达了自己留恋家乡和倦于行役的心情。诗中那种荒寒肃杀的自然景物和愁惨的情绪结合得极其自然。后渚(zhǔ主)，在建康城外江上。渚，水中的小块陆地。

江上气早寒①，仲秋始霜雪②。

---

① 气：气候。 ② 始：初。

从军乏衣粮，方冬与家别①。

萧条背乡心②，凄怆清渚发③。

凉埃晦平皋④，飞潮隐修樾⑤。

孤光独徘徊，空烟视升灭。

途随前峰远，意逐后云结⑥。

华志分驰年⑦，韶颜惨惊节。

推琴三起叹⑧，声为君断绝。

【翻译】

江上早寒，

仲秋时节就已霜结雪降。

我要从军远征，

却又缺衣少粮；

严冬已渐渐逼近，

却不得不与家人分别，

挥泪北上。

离乡背井，心情落寞凄怆，

---

① 方：将。 ② 萧条：本指景物的凋零与寂寥，这里借指心情的落寞沉重。 ③ 凄怆（chuàng 创）：凄凉悲伤。 ④ 晦（huì 会）：昏暗。皋（gāo 高）：水边的高地。 ⑤ 修：长。樾（yuè 越）：树荫。 ⑥ 意：指离乡之情。逐：随着。结：郁结，聚集。 ⑦ 分：分散，消失。 ⑧ 三：言其多，并非确指。

乘船从后渚出发，驶向远方。
征尘飞扬，弥漫了前方的高地，
浪潮高高地卷起，
遮住了长长的树影，
一片水花茫茫。
孤独的太阳，
在空中缓缓地移动；
漫漫的江雾，
时而在前面飘聚，
时而又消失空中。
眺望前方的山峰，
倍觉路途的遥远；
回顾身后的阴云，
更添离别的忧伤。
美好的志向，
就在这终年的奔走劳顿中消失；
青春的容颜，
因惊叹于季节的变化而变得惨淡无光。
每念及此，
总要引起无尽的叹息，
只好推开瑶琴，
不让那揪心的琴声再响。

临川王服竟还田里

元嘉二十一年(444 年)正月,临川王刘义庆在京都建康逝世。鲍照就上书临川王世子,自解侍郎之职,并为义庆服丧三月。四月,服满。这年秋天,便返回故乡。此诗大约就作于这个时候。大体意思是说,我离乡背井游宦各地已数年了,在饱尝了一番充任下层官吏的酸楚之后,终于有机会重返田园,决心从此“屏迹勤躬稼”,不再涉足风波险恶的宦海。

此诗用语比较平和,含义也较隐晦。但我们仍然可以从中看出诗人对当时的门阀制度的不满情绪。

送旧礼有终①，事君惭懦薄。税驾罢朝衣②，归志愿巢壑③。寻思邈无报④，退命愧天爵⑤。舍耨将十龄⑥，还得守场藿⑦。道经盈竹笥⑧，农书满尘阁。怆怆秋风生，戚戚寒纬作⑨。丰雾粲草华⑩，高月丽云崿⑪。屏迹勤躬稼，衰疾倚芝药⑫。顾此谢人群⑬，岂直止商洛⑭。

【翻译】

为旧君送葬服丧，

是一种表示有始有终的礼节，

在他生前，我一直为他效力，

① 旧：旧君，指已故的临川王刘义庆。 ② 税（tuō 脱）驾：犹言解驾，休息的意思。税，通“脱”。罢：罢免。朝衣：官服。“罢朝衣”就是辞官解职。 ③ 巢：鸟窝，这里借指家园。壑（hè 贺）：山沟，借指乡村。 ④ 邈（miǎo 秒）：远。 ⑤ 天爵：指君王所赐的官爵。 ⑥ 耨（nòu 槈）：锄一类的除草工具，借指农事。 ⑦ 场：即场圃，收谷物、种菜蔬的地方。藿（huò 或）：豆叶，泛指农作物。 ⑧ 笥（sì 四）：一种盛食品或衣物的竹器。 ⑨ 戚戚：忧愁、悲伤的样子。寒纬：蟋蟀的古称，又称促织、莎鸡。 ⑩ 丰：丰富。粲（càn 灿）：鲜明的样子。华，同“花”。 ⑪ 崿（è 饿）：山崖。 ⑫ 倚：倚仗，凭借。 ⑬ 顾此：对此。 ⑭ 商洛：山名，在今陕西省商州市东。这里借指商山四皓东园公、绮里季、夏黄公和角里先生，他们都是西汉初年的著名隐士，后来在吕后的迎请下曾出山辅佐刘邦的太子刘盈。

却常常因为自己的懦弱无能而感到羞惭。
如今，终于能够辞官去职，
实现了回到久别的田园的心愿。
想想自己所做的事情，
实在无法报答他的恩德；
只好退职还乡，
让满怀的羞愧把自己熬煎。
我丢下农活已将近十年，
现在又能从事生产、耕种农田。
一卷卷道经，装满了竹箱；
一部部农书，把久积尘埃的楼阁装满。
凄凉的秋风在田野上吹荡，
蟋蟀的低吟声，
听来是那么哀惋。
秋雾凝结成露珠，
点缀在花朵草叶上，晶莹透亮；
高高的秋月映照着，
云雾缭绕的山崖峰峦。
在这远离人迹的地方辛勤耕种，
即使衰老和疾病袭来，
也可以用灵芝和草药祛免。
我要永远地避开世俗的人群，

享受快乐的农家生活；
岂止是效法商山四皓，
只是暂时地遁迹深山？

见卖玉器者并序

元嘉二十二年(445年),衡阳王刘义季受命督豫州梁郡(今安徽省砀山县),迁徐州(今江苏省徐州市)刺史。是年,鲍照应衡阳王之召,到梁郡任职;不久又随衡阳王前往徐州。在此期间,鲍照有游洛(今河南省洛阳市一带)之行,并写了此诗。

此诗代物立言,让没有生命的“玉器”以第一人称的口吻开口说话。这种拟人化的表现形式,手法新颖,独具一格。此诗表面上是写一块绝美的璞玉被人当作顽石,遭到不公平的待遇。其深层的含义则是说,在门阀制度下,寒门子弟由于没有高贵的出身,无论怎样才能超群、品格卓异，也得不到社会的承认，只能永远屈居底层。诗的结尾说："宁能与尔曹，瑜瑕稍辨论。"一方面表现了诗人不愿与腐败堕落的士族贵族同流合污、洁身自爱的孤高品质，另一方面也表现了诗人对这种不平等的社会现状的深切感受。

见卖玉器者，或人欲买①，疑其是珉②，不肯成市。聊作此诗③，以戏买者。

泾渭不可杂④，珉玉当早分。
子实旧楚客⑤，蒙俗谬前闻。

① 或：有的，有的人。 ② 珉（mín 民）：似玉的美石。 ③ 聊：姑且。 ④ 泾渭：泾水与渭水。泾水发源于甘肃，流经陕西与渭水相合。古人认为泾清渭浊，区别分明。 ⑤"子实"句：此句合下句，用楚人卞和献玉的典故。《韩非子·和氏》中说，和氏得到一块玉璞（未经雕琢加工的玉），献给楚厉王。厉王叫玉匠鉴定，玉匠说是石头，厉王认为和氏欺骗他，就砍去他的左足。厉王死后，武王即位，和氏又献玉璞，又得到同样的遭遇，被砍去右足。文王即位后，和氏抱璞而哭，文王了解情况后命玉匠雕琢，果然得到宝玉。

安知理孚采①，岂识质明温。

我方历上国②，从洛入函辕③。

扬芳十贵室④，驰誉四豪门。

奇声振朝邑，高价服乡村。

宁能与尔曹⑤，瑜瑕稍辨论⑥。

【翻译】

我看见有个卖玉器的，有人想买，却又怀疑那只是一块似玉的石头，迟迟不肯成交。聊作此诗，与那位买主开个玩笑。

泾水与渭水，不能杂混；

顽石与美玉，应当及早区分。

您就像昔日的楚人，

被世俗的见解蒙蔽，谬于前闻。

哪里知道美玉的纹理能散发出光彩，

---

① 孚：同"浮"，浮现。 ② 上国：国都以西的地方。西方居上游，故称上国。 ③ 洛：指洛水，在河南省。函：函谷关，在河南省崤山。辕：指轘辕，山名，也是关口名，在河南省偃师市东南。 ④ 十贵室：与下句的"四豪门"，都是泛指有钱有势的富豪人家。 ⑤ 曹：辈。 ⑥ 瑜（yú 鱼）：玉的光彩。瑕（xiá 侠）：玉上面的斑点。稍：稍微，略微。

又怎能看出美玉的实质是透明而又湿润。

我刚刚游历过上国，

又顺洛水而下，

进入函谷轘辕。

扬美名于十贵之室，

驰声誉于四大豪门。

奇异绝美的品质，震动了京城；

高尚无比的德性，

使乡野之人也叹服于心。

岂能甘心与你们这些无识之辈，

把美玉的瑜瑕来辩论。

玩月城西门廨中

宋孝武帝刘骏孝建三年(456年),鲍照被提拔为太学博士兼中书舍人。不久,出为秣陵(今江苏省南京市江宁区)令。此诗大概就作于秣陵县令任上。城西门,即秣陵县城的西门。廨(xiè谢),官署。

诗人记叙的是一个秋夜在城西门官署中赏月饮酒的事。诗的开头六句追述未望以前的初生之月;中间四句是写既望之后的满月;最后通过描写残花败叶、蜀琴郢曲,表达了一种对仕宦生活的厌倦情绪。诗中描写月色比较细腻,玉钩、蛾眉,是写月的形象;始照西南,又照东北,是写月亮的东升西落。初月光犹未满,光线尚弱，所以为珠帘、琐窗所阻隔；十五、十六月圆光强，故能普照千里，进窗入户。前人说鲍照诗风俊逸，就是指这类作品而言。

始见西南楼，纤纤如玉钩。末映东北墀①，娟娟似蛾眉②。蛾眉蔽珠栊③，玉钩隔琐窗④。三五二八时，千里与君同。夜移衡汉落⑤，徘徊入户中。归华先委露⑥，别叶早辞风⑦。客游厌苦辛，仕子倦飘尘⑧。休澣自公日⑨，宴慰及私辰⑩。蜀琴抽《白雪》⑪，郢曲发《阳春》⑫。

① 墀（chí 池）：台阶。 ② 娟娟：美好的样子。蛾眉：比喻女人长而美的眉毛。 ③ 栊（lóng 龙）：窗上的棂木，窗户。 ④ 琐窗：带有连琐花纹的窗户。 ⑤ 衡：指玉衡，是北斗七星的中星。汉：银河。 ⑥ 归华：落花。花生于土中，又落入土中，所以叫归。委：弃。 ⑦ 别叶：离枝的树叶。 ⑧ 飘尘：如尘埃之飘飘。 ⑨ 休澣（huàn 换）：休息、洗沐，亦称休沐，即官吏的定期休假日。澣，同“浣”，洗濯。自公：从公务中退出。 ⑩ 宴慰：安居，宴和慰都是安的意思。私辰：指个人的休假日。 ⑪ 蜀琴：汉代蜀人司马相如善弹琴，故称。《白雪》：与下句的《阳春》，都是古代高雅优美的乐曲。 ⑫ 郢（yǐng 影）曲：楚地的歌曲。郢，春秋战国时楚国的国都，在今湖北省江陵县北。宋玉《对楚王问》中说，郢地有一个善歌的人唱《阳春》、《白雪》，国中能跟着唱的只有数十人。

肴干酒未阕①，金壶启夕沦②。回轩驻轻盖③，留酌待情人。

【翻译】

初生的月芽儿，照见西南楼；

娇小纤细，宛如玉钩。

夜阑月西沉，

余光辉映着东北面的台阶；

残月也妩媚，恰似少女的蛾眉。

蛾眉一样的月儿，

被珠帘挡在窗外；

玉钩般的月儿，

透不进琐窗里。

十五、十六日月圆光满时，

我与你虽然相隔千里路，

却能沐浴在同一片月光里。

夜沉沉将尽，星稀稀将落，

只剩下月光，迟迟疑疑地照进房门里。

---

① 阕（què 确）：停止。 ② 金壶：即铜壶，又叫漏，古时的一种计时器。启：踞，蹲。沦：尽。这句是说，金人蹲坐承受的夕漏已尽。 ③ 回轩：回车。轩：古时大夫以上乘坐的车子。轻盖：车篷，这里借指车。

残花早已被夜露打落，
枯叶也已被凉风吹去。
漂泊不定的宦海生涯使我辛苦厌烦，
忙忙碌碌的官场应酬也让人倦疲。
今天，繁忙的公务之后，
得以安静地休息。
用古老的蜀琴弹奏着《白雪》调，
用美妙的歌喉歌唱着《阳春》曲。
盘中的佳肴已经用完，
杯中的美酒依然有余。
金壶滴漏已尽，
月夜即将过去。
似应驾车回家小睡，
但又决定停住，
留下来把杯中的美酒斟满，
等待与知情的好友会晤。

日落望江赠荀丞

孝武帝大明二年(458年),鲍照由秣陵令转永嘉(今浙江省温州市)令。次年,因获罪而被解职。此后一段时间内,鲍照流浪于长江北岸,此诗即作于当时。荀丞,指荀昶之子荀万秋,字元宝,有才学,大明三年,任尚书左丞,故称荀丞。鲍照在江北流浪之时,他正在江南的帝京(即建康)过着奢华的生活。

诗的前四句是说,诗人在江北孤身流浪,了无乐趣。日落薄暮时分,愁思倍增。引领南望,思念起生活在京城中的友人。"乱流"以下八句,写诗人遥望江南时的所见所感。最后四句是诗人的一番想象:我在孤寂中所思念的友人,眼下正在城中与众人挥金作乐,早已把我忘了。

诗人以“惟见独飞鸟,千里一扬音”和“君居帝京内,高会日挥金”这两种不同的意象造成了鲜明的对比,淋漓尽致地刻画了一幅贫富悬殊、天道不公的历史画面——寒门子弟孤苦无依,豪门士族穷奢极欲。读之感人至深。王夫之评论此诗说:“乃似剑埋土中,偶而被发,清光直欲彻天。”

旅人乏愉乐,薄暮忧思深。
日落岭云归,延颈望江阴①。
乱流潨大壑②,长雾匝高林③。
林际无穷极,云边不可寻。
惟见独飞鸟,千里一扬音。
推其感物情④,则知游子心。
君居帝京内,高会日挥金⑤。
岂念暮群客,咨嗟恋景沉⑥。

---

① 江阴:江南。古时以山南水北为阳,山北水南为阴。② 潨(cóng从):小水流入大水。 ③ 长雾:大雾。匝(zā 咂):环绕。 ④ 推:推测。感物情:对于周围景物及自身处境的感受。 ⑤ 高会:盛大宴会。挥金:大把花钱。 ⑥ 咨嗟(zī jiē 资阶):叹息。恋:留恋。景:日光。

【翻译】

四处流浪的旅客，
生活中没有欢乐，
每当暮色苍茫时分，
总是被深深的忧思折磨。
太阳落山了，
山岭上飘回来疲倦的云朵，
我伸长了脖子，
遥望江南——这美丽的南国。
溪流从四面八方汇来，
聚集在深深的山涧沟壑；
云雾在空中弥漫，
把高高的密林笼罩。
高高的密林，望不到尽头；
弥漫的云雾，看不见边界。
只见一只孤独的飞鸟，
从林雾中掠过，
过了长长的一段距离，
才唱出一声凄凉的悲歌。
想象一下飞鸟的孤独，
就会推知旅人的寂寞。
您生活在京城中，

每天都与众人宴会,挥金作乐。

哪里还能想到,

有一位思念亲友的旅人,

正在声声叹息中,

无奈地看着太阳向西方沉落。

登翻车岘

大明六年(462 年)秋,临海王刘子顼为荆州(今湖北省江陵)刺史。鲍照在江北流浪了一段时间后返回建康家居,这时被起用为临海王前军行参军,掌知内命。不久即迁前军刑狱参军。此诗可能作于鲍照自建康赴荆州的途中。翻车岘(xiàn 线),鲍照旅途中所经过的一座山的名字,其地理位置已不可确考。岘,本是指小而高的山岭。

此诗前六句极写翻车岘的艰险,用语奇警,不落俗套;后八句写诗人辞别了亲友,远赴他乡,怀着对故乡的思念和对将来的新生活的憧憬,在艰难的人生旅途上踽踽而行。

高山绝云霓①,深谷断无光。

昼夜沦雾雨②,冬夏结寒霜。

淖坂既马领③,碛路又羊肠④。

畏途疑旅人⑤,忌辙覆行箱⑥。

升岑望原陆⑦,四眺极川梁。

游子思故居,离客迟新乡⑧。

新知有客慰,追故游子伤。

【翻译】

高峻的山岭哟,

轻悠悠的云霞也难以飞上;

深邃的山谷哟,

成年累月见不到阳光。

无论白天黑夜,

常常笼罩着冷雨浓雾;

---

① 霓(ní 泥):副虹,雨后天空中与虹同时出现的彩色圆弧。 ② 沦:沉没。“沦雾雨”即沉没在雾雨中。 ③ 淖(nào 闹):泥沼,泥泞。坂(bǎn 板):山坡。领:脖子。 ④ 碛(qì 气):沙漠,不生草木的沙石地。 ⑤ 旅人:与下文所说的“游子”、“离客”同义,都是诗人的自称。 ⑥ 忌:顾忌,畏惧。覆:翻。行箱:指车马行李。 ⑦ 岑(cén 涔):小而高的山。 ⑧ 迟(zhì 志):等待,希望。

不分春夏秋冬，

总是到处结满了寒霜。

泥泞湿滑的山坡，

倾斜得就像野马的颈部；

沙石满布的小路，

狭窄得宛如山羊的细肠。

这条充满了恐怖的山路呵，

叫远行的旅人迟疑不前，左右彷徨；

担心重蹈前车的覆辙，

车翻马毙，一起遭殃。

总算登上了高高的山顶，

举目四望——山下是一片广袤的原野，

远处有急流的江水，高悬的桥梁。

远行的游子，

思念起久别的故居；

离家的旅人，

满怀希望地想象着未来生活的地方。

憧憬未来的新生活，

是孤独旅人唯一的安慰；

追思过去的岁月，

却使远行的游子更加忧伤。

发长松遇雪

大明八年(464 年),孝武帝刘骏死,前废帝刘子业继位。临海王刘子顼以本号都督荆、湘、雍、益、梁、宁及南、北秦八州诸军事,刺史如故。是年,鲍照跟随临海王有由陕入蜀之行,并写下此诗。发,从……出发的意思。长松,地名,究竟指现在的什么地方,已无法确考。

此诗篇幅虽短,却能紧扣主题,以振风摇地、封雪满枝、江渠为陆、天野浩茫及冻马骨、伤役疲等几个鲜明的意象,生动地形容了雪之大、天之冷,令人读之不由遍体生寒。

十牛既送寒①，冥陆方浃驰②。
振风摇地局③，封雪满空枝④。
江渠合为陆，天野浩无涯。
饮泉冻马骨，斫冰伤役疲⑤。
昆明岂不惨⑥，黍谷宁可吹⑦？

【翻译】

虽然已经举行了土牛送寒的仪式，
可专司寒冷的北方之神，
却仍在到处奔驰。
北风狂吹，大地为之动摇；
飞雪弥漫，挂满了枯树枝。
江河沟渠被积雪填平，合为陆地；

---

① 土牛：土制的牛。古代于阴历十二月制土牛以送寒气。 ② 冥陆：指玄冥，北方之神。方：正在。浃：遍，周匝。这句是说，天气依然很冷。 ③ 振：奋起。 ④ 空枝：没有树叶的光秃秃的树枝。 ⑤ 斫(zhuó 浊)冰：凿冰。斫，砍、削。⑥“昆明”句：前人或以为用汉代开凿昆明池之事。昆明池，汉武帝元狩三年(前 120)所开，宋以后湮没。其址在今陕西省西安市近郊。 ⑦“黍谷”句：用邹衍吹温寒谷的故事。汉刘向《别录》记载，邹衍在燕地时，闻知有一处山谷，终年阴寒，不生五谷。他就吹律(一种定音器，为阳声，传说吹之可使地暖)使寒谷变温并开始生长黍子。

在茫茫雪雾中，
更分不清苍天与原野，
只是一片白色的混沌，无边无际。
为凿开厚厚的坚冰，
累坏了随行的役夫；
在凿开的冰泉中饮马，
寒意像尖刀一样，
一直刺入马的骨头里。
旱季的昆明池池水下降数尺，
与这雪润的大地相比，岂不惨痛？
如果寒谷就在这冰封的世界中，
邹衍又怎么能吹来一丝暖意？

赠傅都曹别

这首赠别诗，以轻鸿喻傅都曹，借孤雁以自指，通篇都是比喻，借以表达对朋友的留恋与怀念之情。这是一种比较古老的诗格。《诗经》以后，只有乐府诗中间或有之，赠别诗中并不多见。

此诗层次分明，整齐有序。前四句追述以前的相遇和友好情谊；中间四句叙述当前的分手和惜别之情；最后四句则是预想离别后自己的孤单和寂寞。

傅都曹的名字和事迹都不详。都曹，官名，《宋书·百官志》说："都官尚书领都官、水部、库部、功部四曹。"

轻鸿戏江潭①，孤雁集洲沚②。
邂逅两相亲③，缘念共无已④。
风雨好东西⑤，一隔顿万里。
追忆栖宿时⑥，声容满心耳。
落日川渚寒，愁云绕天起⑦。
短翮不能翔⑧，徘徊烟雾里。

【翻译】

轻捷的飞鸿在江边翩翩飞舞，
孤独的野雁停留在水洲上。
它们不期而遇，随即结为好友，
从此恋恋不舍，情深意长。
不料一个要东奔，一个要西去，

---

① 鸿：大型雁类的泛称。潭(xún 寻)：水边。 ② 集：止，停留。洲：水中的陆地。沚(zhǐ 止)：水中小洲。 ③ 邂逅(xiè hòu 谢后)：不期而遇。 ④ 缘念：即友好情谊。佛教说遇而相契者为有缘法，相续之心念谓之念念。无已：无尽。 ⑤“风雨”句：《尚书·洪范》：“星有好(hào 耗，喜爱)风，星有好雨。”据说箕星好风，毕星好雨，箕是东方的木宿，毕是西方的金宿。风雨好东西，即好风的箕在东，好雨的毕在西。 ⑥ 栖宿：凡鸟类宿于林叫栖，宿于水叫宿。 ⑦ 愁云：即阴云。用一“愁”字，使自然景物有了感情色彩。 ⑧ 翮(hé 河)：羽毛中间的硬管，这里指翅膀。

顿时相隔万里，天各一方。
回想起以往欢聚的岁月，
你的容貌似乎又在眼前浮动，
你的声音仿佛又在耳边回荡。
太阳落山了，河流与水洲开始有了凉意；
暮云在空中浓聚，使人更加忧伤。
恨只恨，我的翅膀短小柔弱，
不能与你一起往远空翱翔；
无奈何，只好在漫天的云雾中独自彷徨。

咏　史

这首诗名为咏史，实际上是反映现实之作。诗人通过描写那些靠明经而入仕、怀巨金而来游的仕子游客，揭露了矜财逐利、奢靡豪华者的卑鄙无耻；同时也赞扬了安贫乐道的严君平，并对其不为尘俗所容的不平遭遇表示同情，表现了诗人强烈鲜明的爱憎和高洁耿介的性格。

诗的前十四句极力铺叙渲染京城的豪奢，最后两句则突然引出严君平之事，并戛然而止，后人称之为“勒舞马势”。这种艺术手法，使前后两种不同的处境形成了鲜明的对比。这首诗上承左思，下启陈子昂、李白，在文学史上很值得重视。

五都矜财雄[①],三川养声利[②]。
白金不市死[③],明经有高位[④]。
京城十二衢[⑤],飞甍各鳞次[⑥]。
仕子彯华缨[⑦],游客竦轻辔[⑧]。
明星晨未稀,轩盖已云至[⑨]。
宾御纷飒沓[⑩],鞍马光照地。
寒暑在一时,繁华及春媚[⑪]。
君平独寂寞[⑫],身世两相弃[⑬]。

---

① 五都:西汉时以洛阳、邯郸、临淄、宛、成都为五都。矜(jīn 今):骄傲,夸耀。 ② 三川:郡名,秦置。其地有河、洛、伊三川,故名。 ③ 不市死:不死于市。古时判处斩刑要在市中行刑,称市死。《史记·越王勾践世家》:"千金之子,不死于市。" ④ 明经:熟读经书,通晓经学。 ⑤ 衢(qú 渠):四通八达的道路。 ⑥ 甍(méng 萌):屋脊。 ⑦ 仕子:做官的人。彯(piāo 飘):长带摆动的样子。缨:一种彩线制的帽带。 ⑧ 竦(sǒng 耸):执。轻辔(pèi 配):这里指善跑的马。辔:驾驭牲口用的嚼子和缰绳。 ⑨ 轩(xuān 宣):古代的一种车子,达官贵人所乘。 ⑩ 飒沓(sà tà 萨踏):众多的样子。 ⑪ 华:同"花"。 ⑫ 君平:汉代蜀人严遵,字君平。他在成都市中卖卜为生,每日得百钱则闭门下帘讲授《老子》,一生不求仕进。 ⑬ "身世"句:李白将此五字衍为十字,云:"君平既弃世,世亦弃君平。"(见李白《古风》第十三"君平既弃世"一诗)是此句最好的注脚。

【翻译】

五大都市，自夸财富雄厚；
三川一带，热衷于名利追逐。
有钱的富豪，可以不受法律的制裁；
明经的士人，能够得到高官厚禄。
京城里，大路四通八达；
高耸的屋脊，像鱼鳞一样密布。
做官的，华美的帽缨随风飘动；
闲游的，骑着快马在城中漫步。
凌晨时分，天上依旧繁星闪烁；
官宦们的车驾，
已如风云般涌入。
宾客与仆从，
随之纷至沓来；
黑乎乎的土地上，
映照着鞍马的光芒闪闪。
寒来暑往，似乎只是一瞬；
百花纷纷争艳，
只趁春光明媚之时。
唯独严君平，甘于寂寞不慕荣利，
俗世不用他，
他也不求入仕。

拟古(八首选三)

摹拟古人的作品进行创作,叫拟古。鲍照有《拟古》诗八首。这八首五言诗,虽然以"拟古"为名,实际上却多是描写现实的社会状况,即使是写古人之事,其目的也在托古讽今。这里所选的是其二、其三、其六等三首。

其二的中心思想是叙述个人志愿不遂的慨叹。前半部分写自己的才能和理想,后半部感伤自己早年志愿的不得实现,又忧虑今后的命运。诗中流露出一种对当时重武轻文的风气及个人不平遭遇的不满情绪。

当时之所以会出现重武轻文的政治现象,大概与宋文帝刘义隆连年对北魏用兵有关。

其三通过对幽并少年驰骋捷疾、技艺精妙的描写和对其爱国精神的赞颂，表达了诗人希望为国立功的政治理想。

其六假托汉代的社会情况，反映了被压迫被剥削的劳动人民的生活。这种被剥削被压迫的劳动人民的痛苦生活之被反映在诗中，在六朝时代是极为难得的。这种生活只有出身寒微、早年有过“垦畛剿芴，牧鸡圈豕，以给征赋”的亲身经历的诗人才能感受并注意到。这也是鲍照的诗歌具有一定程度的人民性的原因。

其　二

十五讽诗书，篇翰靡不通①，
弱冠参多士②，飞步游秦宫③。

---

① 翰（hàn 汗）：羽毛，毛笔，这里借指各种文章。靡：无，没有。 ② 弱冠：古时男子二十成人，初加冠，但身体未壮，故称弱冠。 ③ 秦宫：秦都咸阳的宫殿，这里泛指京城。

侧睹君子论[1]，预见古人风[2]。

两说穷舌端[3]，五车摧笔锋[4]。

羞当白璧贶[5]，耻受聊城功[6]。

晚节从世务，乘障远和戎[7]。

解佩袭犀渠[8]，卷帙奉卢弓[9]。

始愿力不及，安知今所终？

---

① 侧睹：不正面看，这是自谦之辞。 ② 预见：随同他人一道看见。预，通“与”，也是自谦之辞。 ③ 两说（shuì 税）：两次劝说。这是用《史记·鲁仲连列传》所载鲁仲连说辛垣衍和下聊城的故事。前一事参见谢灵运《述祖德》诗第一首“鲁连却秦军”句的注释。后一事指燕国人攻占了齐国的聊城，齐田单反攻聊城数年不下。鲁仲连就写了封信用箭射入城中，信里分析了燕将的处境，那名燕将得书后就自杀了，于是齐国收复聊城。这句是说，其辩才有如鲁仲连，能使善辩的人无言答对。 ④ 五车：形容读的书多，可以装满五车。 ⑤ 贶（kuàng 况）：赏赐。这句是用庄子的故事，《韩诗外传·补遗》记载，楚襄王曾派人拿了白璧百双去聘庄子为相，庄子不肯。 ⑥“耻受”句：仍是用鲁仲连事：田单攻下聊城，回来讲到鲁仲连作书破城的功劳，齐君要授以官爵，仲连就潜逃退隐于海上。 ⑦ 乘：守。障：指边塞地带防御敌人入侵的城堡。和戎：原意是出任使臣，和当时边疆少数民族政权去修订盟好。这里是指以武力征服。 ⑧ 佩：玉佩，古代文官和文士们结在衣带上的饰物。袭：穿。犀渠：兽名，犀牛之属。这里是指犀甲。 ⑨ 帙（zhì 志）：书函，即盛书籍的布囊。

【翻译】

我十五岁时就能背诵《尚书》、《诗经》，
各种体裁的文章，也都精通。
二十岁时参见过众多的达官显宦，
迈着轻快的步伐，
游览了繁华的京城皇宫。
我看过有德之人的论著，
也学过古人的亮节高风。
能言善辩，可以使对方理屈辞穷；
学识渊博，可以摧折文人的笔锋。
我羞于接受赏赐的白璧，
也耻于夸耀摧陷城守之功。
不料晚年从事政务，竟是守御边疆，
凭借武力与远处的戎敌商谈不再相互战攻。
只好解下玉佩，穿上犀皮战甲；
书函里取下书籍，装进乌黑的弯弓。
最初的志愿，我已无力实现；
又怎么能知道该如何走完今后的人生旅程？

其　三

幽并重骑射①，少年好驰逐。
毡带佩双鞬②，象弧插雕服③。
兽肥春草短，飞鞚越平陆④。
朝游雁门上⑤，暮还楼烦宿⑥。
石梁有余劲⑦，惊雀无全目⑧。

① 幽并：古二州名。幽州在今河北省北部，并州在今山西省及陕西省北部。幽、并一带自古以出勇侠人物闻名。② 鞬（jiàn 建）：弓袋。③ 象弧：象牙装饰的弓。雕服：彩绘的箭囊。服，通“箙”，用兽皮或竹、木做成的盛箭器。④ 鞚（kòng 控）：带嚼子的马络头，这里借指马。⑤ 雁门：山名，在今山西省代县西北。⑥ 楼烦：县名，汉属雁门郡，在今山西省原平市东北。以上二句极写驰骋之疾，以显示少年的豪迈劲健。⑦“石梁”句：据《阚子》记载，宋景公让工人制成一只强弓，他登上虎圈之台，引弓向东面射去，箭越过西霜之山，直到彭城之东，余力很大，最后一下子竟射进石桥里面。这句用此典故，形容少年们臂力强大，弓劲箭利。⑧“惊雀”句：《帝王世纪》：“帝羿有穷氏与吴贺北游，贺使羿射雀。羿曰：‘生之乎？杀之乎？’贺曰：‘射其左目。’羿引弓射之，误中右目。羿抑首而愧，终身不忘。故羿之善射，至今称之。”这句用此典故，极言少年箭术之精。

汉虏方未和，边城屡翻覆①。

留我一白羽，将以分虎竹②。

【翻译】

幽、并一带，重视射技骑术，

少年儿郎都爱好飞马驰逐。

毡带上配着双鞬，鞬中插着象弧，

雕绘着花纹的箭袋里盛着利箭一束。

春天里，牧草正短，百兽正肥；

平原上，少年们正策马奔驰。

早上，远到雁门山上畅游；

傍晚，已回到楼烦城中投宿。

利箭劲发，能射入坚硬的石桥；

惊雀飞起，即刻被射中左目或右目。

眼下，汉王朝与敌虏还没讲和，

边城上时战时停，无常反复。

留下我的一枝白羽箭，

甘愿分符守郡，带兵杀敌保卫国土。

---

① 翻覆：即反复。 ② 虎竹：铜虎符与竹使符。这是汉代国家发兵遣使的凭信，符分两半，右符留京师，左符给郡守或主将。以上两句是说，少年们愿为刺史郡守，保卫边疆。

其　六

束薪幽篁里①,刈黍寒涧阴②。
朔风伤我肌,号鸟惊思心③。
岁暮井赋讫④,程课相追寻。
田租送函谷⑤,兽稿输上林⑥。
河渭冰未开,关陇雪正深⑦。
笞击官有罚⑧,呵辱吏见侵⑨。
不谓乘轩意⑩,伏枥还至今⑪。

---

① 束:捆扎。薪:柴禾。篁(huáng 皇):竹林。 ② 刈(yì 义):割。黍:即黍子,碾成的米叫黏黄米。寒涧阴:寒涧的南岸。其实,幽篁里无薪,寒涧阴无黍。这两句极言生活的艰难困苦。 ③ 思心:忧愁的心。 ④ 井赋:指田租地赋。讫(qì 气):完毕。 ⑤ 函谷:关名,秦时函谷关在今河南省灵宝市,汉代迁至新安县。这里是用函谷关内的西京长安泛指国家的都城。 ⑥ 兽稿:喂兽用的禾秆。输:输送。上林:苑名,本秦置,汉代又加增广,其中养有禽兽,是皇帝射猎游乐的场所。故址在今陕西省长安县西。 ⑦ 关陇:函谷关和陇山。 ⑧ 笞(chī 吃):古代的一种刑罚,用竹板、荆条打。 ⑨ 呵辱:呵斥辱骂。侵:欺凌。 ⑩ 不谓:不料,不意。乘轩意:指做官当权的愿望。 ⑪ 枥(lì 力):马槽。

【翻译】

到幽暗的竹林里艰难地砍柴，
在阴冷的山涧下辛勤地割黍。
凄厉的北风狂吹，
冻伤了我的肌肤；
饥饿的寒鸟悲鸣，
更使我内心酸楚。
到了年底，田租总算交完；
定期的捐税又接踵而至。
田租要交到函谷关内的都城，
草料要送到上林苑里。
黄河冰未开，渭水冰未化；
关陇一带，依旧是厚厚的雪地。
路途艰难，行进缓慢，
还要遭受官吏的打骂辱欺。
不曾料到，本想乘坐高大的官车；
却只能俯身槽枥旁，至今做苦力。

学刘公干体(五首选一)

这是鲍照摹仿刘桢的诗歌形式和风格所创作的诗歌作品,共五首,主要是写贤者的高洁与孤寂,这里选其第三首。

此诗借朔雪为喻,言高洁之士只能在一定的环境中表现其美,如果世风恶劣,便不得不退避。刘履《选诗补注》认为“此明远被间见疏而作”,是可能的。从此诗的取喻和结构来看,似学刘桢《赠从弟》诗的“凤凰集南岳”篇。

刘桢(? —217),字公干,东平(今山东省东平县)人。曹操为丞相,辟为掾属。“建安七子”之一,他的诗注重气势,不太讲究辞藻。

胡风吹朔雪①，千里度龙山②。
集君瑶台上③，飞舞两楹前④。
兹晨自为美⑤，当避艳阳天⑥。
艳阳桃李节⑦，皎洁不成妍⑧。

【翻译】

北风劲吹，天空白雪弥漫，
雪花不远千里，飞越逴龙山。
她飘到了华丽的楼台上，
她飞舞在两根堂柱前。
这时的她，冰清玉洁，自然美丽；
她所担忧的，是春风沉醉的艳阳天。
艳阳天，是桃李争媚的时节，
明亮洁白的雪花，
将失去她美丽的容颜。

---

① 胡风：北风，因为胡地在北方，故称。朔雪：北方的雪，此喻高洁之士。 ② 龙山：指逴（chuō 戳）龙山，传说中的山名。 ③ 集：止。瑶（yáo 摇）：美玉。 ④ 楹（yíng 迎）：厅堂前部的柱子。以上二句比喻正直高尚的人若被重用，其美德可能显露。 ⑤ 兹晨：泛指这时候。 ⑥ 艳阳天：指春天。 ⑦ 桃李：喻小人。节：季节。 ⑧ 妍（yán 严）：美丽。

山行见孤桐

这是一首托物咏怀诗。写一株野桐树孤零零地生在崖岸上，终年遭受着雨打霜侵、风吹水浸，无处躲避，十分凄苦。诗人借孤桐的不幸以自喻，含蓄地表达了自己孤弱无依、倍受欺凌的愁苦。这正是门阀制度下，一般寒门子弟的不幸遭遇的一种真实的写照。诗的最后两句说："幸愿见雕斫，为君堂上琴。"则是诗人借孤桐之口来表达自己的愿望，希望有朝一日能够得到统治者的重视，从而有一番作为，摆脱贫寒的处境。

此诗用语险峭，意象奇警，写景与抒情得到完美的结合，有较高的艺术价值。

桐生从石里，根孤地寒阴。
上倚崩岸势，下带洞阿深[①]。
奔泉冬激射，雾雨夏霖霪[②]。
未霜叶已肃[③]，不风条自吟[④]。
昏明积苦思[⑤]，昼夜叫哀禽。
弃妾望掩泪，逐臣对抚心。
虽以慰单危，悲凉不可任[⑥]。
幸愿见雕斫[⑦]，为君堂上琴。

【翻译】

一株野桐树，生于乱石丛，
孤弱的根须蟠伏在阴冷的石壁中。
上倚陡斜欲崩的峭岸，
下临深深的山涧。
冬天，遭受奔泉无情的冲击，
夏季，终日被苦雨迷雾侵袭。
严霜还没有降下，

① 洞阿：这里是山涧的意思。 ② 霖、霪(yín银)：都是指久下不停的雨。 ③ 肃：衰落，萎缩。 ④ 条：树枝。吟：这里指风吹树木发出的声音。“不风条自吟”，极言孤桐的凄苦。 ⑤ 昏：天黑。明：天亮。昏明与昼夜同义。积：郁积。 ⑥ 任：堪，胜任，这里是忍受的意思。 ⑦ 斫：砍，削。

桐叶已悄然落尽；
秋风还没有吹来，
枯枝已呻吟飒飒。
从早到晚，受着凄苦愁思的煎熬；
不分昼夜，总是有野鸟飞来哀啼。
遭遗弃的小妾，
看着孤桐掩面哭泣；
被放逐的忠臣，
对着孤桐抚心叹息。
他们的同情，
虽能使孤单不安的孤桐得到安慰；
这样的处境，
叫它再也无法承受过度的凄楚。
只希望能够有幸被看中，
细加雕琢，成为您堂上的琴，
为您奏出动听的乐曲。

乐府

代东门行

《乐府诗集》卷三十七《相和歌辞·瑟调曲》中有《东门行》一类。《乐府解题》曰："古词云：'出东门，不顾归；来入门，怅欲悲。'言士有贫不安其居者，拔剑将去，妻子牵衣留之，愿共餔糜，不求富贵。……若宋鲍照'伤禽恶弦惊'，但伤离别而已。"代，仿作。

此诗的前半部分写诗人久倦客游，现在又要远行，与亲友们难舍难分；后半部分写分手后的凄苦景况。诗中善用比喻，以伤禽畏弦声比倦客怕离别，以食梅、衣葛比离别后的辛酸与凄凉，都比较自然、贴切。写行人去而复还，写丝竹不能解忧，长歌反而增恨，具体而细腻地刻画了离别前后的思想感情。

伤禽恶弦惊①，倦客恶离声。离声断客情，宾御皆涕零。涕零心断绝，将去复还诀。一息不相知②，何况异乡别。遥遥征驾远，杳杳白日晚③。居人掩闺卧，行子夜中饭。野风吹草木，行子心肠断。食梅常苦酸，衣葛常苦寒④。丝竹徒满坐⑤，忧人不解颜⑥。长歌欲自慰，弥起长恨端⑦。

【翻译】

久倦客游的旅人，厌恶离歌别曲，

犹如受伤的飞鸟，害怕弓弦之声。

离别的歌声，使即将远行的旅人更加伤心，

---

① 伤禽：受伤的飞禽。这句用更嬴发虚弓而得鸟的典故。《战国策·楚策》记载，更嬴以无箭的弓射得一只大雁，有人问他为什么能如此，他说他发现那只大雁飞得慢，因为伤口痛；鸣声悲，因为失了群，在这种情况下，大雁一听到弓弦声就惊慌高飞，由于伤口的剧痛而掉了下来。 ② 一息：喘息之间，顷刻。 ③ 杳杳（yǎo 咬）：深远幽暗的样子。 ④ 衣（yì 义）：用作动词，穿的意思。葛（gé 格）：指葛布，一种做单衣用的夏布，用葛茎的纤维织成。 ⑤ 丝竹：弦乐器和管乐器，借指音乐。 ⑥ 解颜：开颜，指欢笑。 ⑦ 弥：益，更加。恨：遗憾，不满意。端：头绪。

就连送行的亲友和驾车的驭手也一个个热泪盈盈。
幽幽的哭泣声，使旅人悲痛欲绝，
就要上路了，却又回过头来依依话别。
片刻的分离已让人难以忍受，
何况远赴他乡，从此音讯隔绝？
从征的车驾渐行渐远，
红日西沉，天色越来越暗。
家中的亲人，想已闭门入睡；
远征的旅人，在夜色中草草用饭。
凉风吹过死寂的旷野，草木沙沙作响；
孤独的旅人，已经愁肠寸断。
饿了吃几个梅子，又苦又酸难果腹；
冷了加一件葛衣，又薄又破不抗寒。
有时，满座的人演奏着动听的音乐，
也不能使愁苦的旅人变得欢乐。
愁苦的旅人，只想放声高歌来自我安慰；
可是歌声一起，反而引出一段更加沉重的愁惨。

代放歌行

此诗收入《乐府诗集》卷三十八《相和歌辞·瑟调曲》中。《放歌行》又称《孤子生行》，也称《孤儿行》。古辞是写孤儿被兄嫂所欺侮，很难与他们长久地生活在一起。鲍照此诗，则是写黑暗的封建士族社会中，无耻小人干禄钻营，容不得贤德之人；反之，荣利场中风波险恶，贤德之人也不愿轻易涉入。

此诗称迟回不仕的贤德之人为旷士，以奔竞的无耻之徒为小人。所谓“夷世”、“贤君”，都是带有讥刺口吻的反语。在当时的门阀制度下，用人不凭才德，只看出身贵贱。那些华缨素带者，都是些士族贵族子弟，绝无寒门之士。

"一言分珪爵，片善辞草莱"，这样的事情，在当时是绝对不会有的。这不过是鲍照对当时的黑暗政治的一种嘲讽而已。此诗最突出的艺术特色就是正话反说。

蓼虫避葵堇①，习苦不言非。小人自龌龊②，安知旷士怀③。鸡鸣洛城里，禁门平旦开④。冠盖纵横至⑤，车骑四方来。素带曳长飙⑥，华缨结远埃。日中安能止，钟鸣犹未归。夷世不可逢，贤君信爱才⑦。明虑自天断，不受外嫌猜。一言分珪爵⑧，片善辞草莱。岂伊白璧赐⑨，

① 蓼(liǎo 了)虫：寄生在蓼草中的一种昆虫。蓼，指泽蓼，一种草本植物，叶味辛辣。葵堇(jǐn 紧)：又名堇葵，一种野菜，味甜。 ② 龌龊(wò chuò 握辍)：心胸狭窄。 ③ 旷士：旷达之士，不拘于世俗之见的人。 ④ 禁门：皇宫的门。平旦：天刚亮的时候。 ⑤ 冠盖：冠冕与车盖，指戴高冠乘张有车盖的车子的达官贵人。纵横：纷纭杂乱的样子。 ⑥ 素带：古时大夫所用的衣带。曳(yè 业)：引，拉动。长飙(biāo 标)：暴风。 ⑦ 信：诚然，确实。 ⑧ 珪(guī 归)：一种上圆下方的玉板，古代封官时赐珪作为符信。爵：爵位，官阶。 ⑨ 岂伊：岂只。伊，语助词，无义。白璧赐：赏赐白璧。《史记·平原君虞卿列传》记载，赵孝成王一见虞卿即赏赐黄金百镒，白璧一双。此句即用这一典故。

将起黄金台①。今君有何疾，临路独迟回？

【翻译】

蓼虫已经习惯了辛辣的水蓼，

看见甜美的葵堇，反而要逃跑。

小人总是限于狭猛的境界，

又怎么能理解旷士的高尚怀抱。

天刚放亮，洛阳城中雄鸡啼晨；

宫门洞开，大小官吏前来早朝。

达官贵人从四面八方聚来，

轻车骏马奔驰在条条官道。

宽大的衣带在风中飘舞，

五彩的冠缨被飞尘笼罩。

日上中天，公务仍然不会停止；

夜幕降临，晚钟已敲也无人回家。

如今这太平盛世，不易再逢；

君王贤明爱才，也很难遇到。

清明的谋虑，出自君王的独断；

① “将起”句：用燕昭王的故事。据《上谷郡图经》记载，燕昭王曾在易水东南筑黄金台，上置千金，以招天下贤士。黄金台故址在今河北省易县东南。

外来的猜嫌之辞，都无法动摇。
说对了一句话，就能封官加爵；
有一点儿特长或好的品格，
就可以辞别田野，做官高升。
当今君王，为招纳天下贤士，
岂只是把白璧颁赏，
还要把黄金台来建造。
可是今天，您究竟为什么，
面临坦荡的仕途，
反而迟疑不前，把好机会失掉？

代白头吟

此诗收入《乐府诗集》卷四十一《相和歌辞·楚调曲》。《乐府解题》曰："古辞云：'皑如山上雪，皎若云间月。'又云：'愿得一心人，白头不相离。'始言良人有两意，故来与之相决绝；次言别于沟水之上，叙其本情；终言男儿重意气，何用于钱刀。若宋鲍照'直如朱丝绳'……自伤清直芬馥而遭铄金玷玉之谤，君恩以薄，与古文近焉。"对《白头吟》这一乐府诗体的早期题材及鲍照这篇拟作的中心思想，都作了详细的交待。

此诗开头四句，写自己品行高洁，正直不阿，却无故遭到猜疑与嫉恨；"人情"以下十四句，则主要是分析遭猜恨的原因；最后两句总结上文，以旁观者的口吻作劝慰语："古来共如此，非君独抚膺。"旨在说明，历代封建王朝的统治，都是同样的残暴与黑暗。

直如朱丝绳①，清如玉壶冰。何惭宿昔意②，猜恨坐相仍？人情贱恩旧③，世议逐衰兴。毫发一为瑕④，丘山不可胜。食苗实硕鼠⑤，玷白信苍蝇⑥。凫鹄远成美，薪刍前见凌⑦。申黜褒女进⑧，班去赵姬升⑨。周王日沦惑⑩，汉帝益嗟称。心赏犹难恃⑪，貌恭岂易凭。古来共

① 朱丝绳：指琴弦。《礼记·乐记》："清庙之瑟，朱弦而疏越。" ② 宿昔：向来，往日。 ③ 恩旧：故交世好，旧情。 ④ 瑕（xiá 侠）：玉的斑点，也泛指疵病、过失。 ⑤"食苗"句：语本《诗经·魏风·硕鼠》第三章："硕鼠硕鼠，无食我苗。" ⑥ 玷（diàn 电）：玷污。信：确实。以上二句，以老鼠与苍蝇比喻无耻小人，说他们为了满足贪婪的欲望，总是要污蔑、打击那些正直无私的人们。 ⑦ 刍（chú 除）：喂牲口的草。 ⑧"申黜"句：《诗经·小雅·白华》序曰："幽王娶申女以为后，又得褒姒（sì 四）而黜申后。"黜（chù 触）：贬，废免。 ⑨"班去"句：《汉书·外戚传下》记载，汉成帝初即位时，班婕妤（jié yú 节鱼）选入后宫，始为少使，不久即受宠幸，升为婕妤，后来赵飞燕大受宠爱，班婕妤失宠。姬（jī 机）：汉时宫中女官，位在婕妤之下。按，在古人的心目中，申后与班婕妤都是贤淑的后妃，而褒姒与赵飞燕则是淫艳的女人。 ⑩ 沦：沉没，陷入。 ⑪ 心赏：指有契于心，欣然自得。

如此，非君独抚膺①。

【翻译】

像朱丝弦一样正直不阿，
如玉壶冰一般清雅高洁。
没有做什么与以往的美德相悖之事，
我内心无愧，可为什么猜疑、嫉恨，
总是无缘无故地跟随着我？
人们并不看重旧日的情谊，
随着个人的失意或得意，
世俗的舆论总是变化莫测。
哪怕有一丝一毫的过失，
就是如山的功绩也无法胜过。
贪得无厌的老鼠，
吞食着青青的禾苗；
卑鄙肮脏的苍蝇，
把白色污染成黑色。
野鸭和天鹅，由于远离尘世，
人们都以为美好；
木柴与草料，却因近在眼前，

① 膺(yīng 婴)：胸。

而被歧视，被压迫。

申后遭废免，褒姒入王宫；

班婕妤受冷遇，赵飞燕升高阁。

周幽王沉溺于女色，日益昏庸；

汉成帝竟然越发称赞起飞燕的美德。

所谓心存忠贞的人，尚且难以信赖，

仅仅貌似恭敬的，又岂能凭借。

古往今来，世事大都如此，

并非只有您抚胸难过。

代东武吟

此诗收入《乐府诗集》卷四十一《相和歌辞·楚调曲》中。鲍照此诗只是摹仿乐府古辞的形式，其思想内容则与古辞大不相同。东武，是泰山下的一座小山，在今山东省泰安市。

此诗假托一位汉代老军人的口吻，叙述了他一生奋战的经历和年老被弃的不幸遭遇；以弃席思幄、疲马恋轩为喻，表达了他对君主的眷恋；希望君主赐恩，不弃置有功之人。宋文帝刘义隆在位期间，曾多次发兵讨伐北魏，均惨遭失败，也许有遇下寡恩，或使老将闲废而不能人尽其力的情况，所以这首诗可能是为讽谏当时的君主所作，它的思想内容和写作手法，对杜甫

《出塞》诗的创作有很大的影响。

主人且勿諠①，贱子歌一言②：仆本寒乡士，出身蒙汉恩。始随张校尉③，召募到河源④。后逐李轻车⑤，追虏出塞垣。密途亘万里⑥，宁岁犹七奔⑦。肌力尽鞍甲，心思历凉温。将军既下世，部曲亦罕存⑧。时事一朝异，孤绩谁复论？少壮辞家去，穷老还入门。腰镰刈葵藿⑨，倚杖牧鸡豚⑩。昔如韝上鹰⑪，今似槛中猿。徒结千载恨⑫，

① 諠：同"喧"。 ② 贱子：与下句的"仆"，都是老军人对自己的谦称。 ③ 张校尉：指汉代的张骞(qiān 千)。张骞曾任校尉，随大将军卫青北击匈奴。校尉，汉代武官名。 ④ 河源：黄河发源地。张骞曾有寻找河源之事。 ⑤ 李轻车：指汉代的李蔡，李广的从弟，武帝时为轻车将军，击匈奴右贤王有功。 ⑥ 密：切近。亘(gèn 根去声)：绵延的意思。 ⑦ 七奔：《左传·成公七年》："子重、子反于是乎一岁七奔命。"这里用其成语。 ⑧ 部曲：汉代军队的编制名称，大将军领五部，部下有曲。这里指将军的部下。罕存：活着的很少。 ⑨ 刈(yì 义)：割。葵：蔬菜类植物。藿：豆叶，泛指豆类植物。 ⑩ 豚(tún 屯)：小猪。 ⑪ 韝(gōu 钩)：皮革制的臂衣，打猎时套在臂上以擎猎鹰。 ⑫ 恨：遗憾。

空负百年怨。弃席思君幄①，疲马恋君轩②。愿垂晋主惠③，不愧田子魂④。

【翻译】

请主人暂且不要喧哗，

听小人借歌声说几句真心话。

我本是从穷山沟里来的人，

蒙受了汉主的恩泽，献身国家。

开始跟从张校尉，应召从军，

向黄河的发源地进发。

后来追随李轻车，追逐敌寇，

---

①“弃席”句：用晋文公的故事。《韩非子·外储说左上》记载，晋文公在外流浪了二十年，当他回到晋国为君时，走在黄河边上，下令把旧的器皿和卧席都扔掉，让那些手脚上长了老茧、脸色发黑的人走在最后。功臣咎犯劝谏道：“草席等是有用的东西，不应扔掉；手足胼胝、面目黧黑的是有功的人，不应当遗弃他们。”于是晋文公便收回了成命。幄（wò握）：用木和帛搭成的帐幕，似屋。 ②“疲马”句：用田子方的故事。《韩诗外传》卷八记载，魏田子方出门看见一匹被弃的老马，问知是因为疲病而不用的，就说：“老马少壮时尽了力，老了就不用它，这不是仁人所干的事。”说完就用了一束帛把老马赎回家养了起来。 ③晋主：即晋文公。 ④田子：即田子方。魂：通“云”，说。

越过边塞到天涯。
就算最近的行程，也要绵延万里；
即使安宁的年月，还得四处拼杀。
肌力在鞍马、铠甲的征战中耗尽，
心思也经历了得失的困扰。
如今，我们的将军已经去世，
他的部下也大都长眠地下。
时代不同了，情况也有了变化，
还有谁肯把我单独作出的功绩评价？
我年少力壮时辞乡远去，
最后拖着孤贫老弱的残躯回家。
腰里别上镰刀，再到田里收割葵藿；
手中拄着拐杖，又到野外放牧猪羊鸡鸭。
从前的我，犹如兀立韝上的猎鹰；
现在，却像圈在棚栏中的猿猴。
徒然怀着深深的遗憾与怨恨，
没有人理解，也只好一切作罢。
被抛却的草席，会思念君主的帐幕；
遭遗弃的老马，会留恋君主的车驾。
希望我的君主，能像晋文公那样，
普施恩惠，不弃旧物；
希望我的君主，能像田子方说的那样，
不再让昔日的功臣沦落天涯！

代出自蓟北门行

此诗收入《乐府诗集》卷六十一《杂曲歌辞》。《乐府解题》曰："《出自蓟北门行》，其致与《从军行》同，而兼言燕蓟风物，及突骑勇悍之状。若鲍照云'羽檄起边亭'，备叙征战苦辛之意。"

这篇拟乐府，是写北方发生边警后，朝廷派出去抵御敌人的军队的进军过程，反映了战士们行军的艰苦，同时也表现了一种为保卫国家不惜献出生命的爱国精神。此诗用语形象生动，格调雄浑悲壮，可以说是开了唐代边塞诗的先河。

蓟（jì 计），燕国都城，即今北京。

羽檄起边亭，烽火入咸阳①。征骑屯广武②，分兵救朔方③。严秋筋竿劲④，虏阵精且强。天子按剑怒，使者遥相望。雁行缘石径⑤，鱼贯度飞梁。箫鼓流汉思⑥，旌甲被胡霜。疾风冲塞起，沙砾自飘扬。马毛缩如猬，角弓不可张⑦。时危见臣节，世乱识忠良。投躯报明主，身死为国殇⑧！

【翻译】

插着鸟羽的紧急公文，

从边防哨所发出，

战争的消息传到了首都。

赶紧征集骑师，到广武驻防；

即刻分发兵力，去朔方援助。

肃杀的深秋季节，敌军陈列齐整，

弓箭强劲有力，人人精锐勇武。

---

① 咸阳：秦都城，故址在今陕西省咸阳市的渭城，这里泛指京城。② 骑（jì 计）：骑兵。广武：县名，故址在今山西省代县西。③ 朔方：郡名，即今内蒙古自治区境内黄河以南的地方。④ 筋竿：弓弦和箭竿，指弓箭。⑤ 雁行：排列如雁飞的行列。⑥ 汉思：汉人的思想感情。⑦ 角弓：弓背附以兽角的强弓。⑧ 国殇（shāng 伤）：指为国牺牲的人。《楚辞·九歌》有《国殇》篇。

天子紧握宝剑，震怒异常；

前来督战的使臣，不绝于路。

战士们排着整齐的队列，沿着石径前进；

鱼贯而行，从高架的桥梁上飞度。

军乐声起，流露出对家国的思念；

旌旗铠甲上，结满了胡地的霜露。

狂风骤起，直冲边塞；

沙石顿飞，扬起漫天的迷雾。

战马的身躯，冷得缩在一起，

它的鬃毛，像刺猬一样根根直竖；

战士的双手，冻得无法弯曲，

连角弓也拉不成圆弧。

国家危亡的关键时刻，

最能显示将士们坚贞的节操；

社会动乱的时候，

才能看出他们忠心的牢固。

甘愿舍身杀敌，

是为了报答贤明的君王；

不怕战死沙场，

誓死保卫国家与民族！

代结客少年场行

此诗收入《乐府诗集》卷六十六《杂曲歌辞》。《乐府解题》曰:“《结客少年场行》,言轻生重义,慷慨以立功名也。”

鲍照的这首拟乐府描写一个尚武任侠的少年,因持刀格斗被朝廷追捕而逃往他乡。经过三十年的飘零之后,他一无所成地回到京城,又看到了巍峨壮丽的皇家宫殿和夹道排列的高门府第,再次目睹了达官贵人的奢侈豪华、互相攀附的糜烂生活,不由生出一番感慨。既有对官场蝇营狗苟的不满与讽刺,也有对自己半生坎坷的伤感与牢骚,表现了一种贫贱者的沉沦之悲。

骢马金络头①，锦带佩吴钩②。失意杯酒间，白刃起相仇。追兵一旦至，负剑远行游。去乡三十载③，复得还旧丘④。升高临四关⑤，表里望皇州⑥。九途平若水，双阙似云浮⑦。扶宫罗将相⑧，夹道列王侯。日中市朝满⑨，车马若川流。击钟陈鼎食，方驾自相求⑩。今我独何为，坎壈怀百忧⑪。

【翻译】

胯下骑着青骢马，

马头上带着金笼头；

腰里扎着织锦带，

带上挂着锋利的吴钩。

酒场上，稍稍不遂心意，

即刻结为仇敌，持刀格斗。

---

① 骢(cōng 匆)：青白色的马。 ② 吴钩：吴地所产的一种宝刀，似剑而曲。 ③ 去：离开。 ④ 旧丘：老家。丘，众人聚居的地方。 ⑤ 四关：四个关口。据说洛阳有四关：东成皋，南伊阙，北孟津，西函谷。 ⑥ 皇州：京城。 ⑦ 阙(quē 缺)：皇宫门外建二台，上有楼观，中留空缺(阙)作过道，所以叫做阙，也叫象阙，是古代颁布法令的地方。 ⑧ 扶宫：夹宫。 ⑨ 市：集市。朝：官府治事的地方。 ⑩ 方驾：并车而行，形容车马拥挤。自相求：互相干求。 ⑪ 坎壈(lǎn 懒)：困穷，不得志。百忧：形容忧愁之深。

官府闻知，派兵前来追捕，
只好只身负剑，高飞远走。
一晃，远别家乡已经三十年；
今天，总算又能回到家门口。
登上高坡，俯视洛阳四关；
里里外外，把繁华的京城看个够。
大路纵横各九条，
条条平坦如水面；
宫门外面两楼观，
高得似在云中浮。
皇宫两旁，罗列着将相们的宅第；
大路两侧，耸立着王侯们的高楼。
中午时分，集市衙门内，
聚满了追逐利禄的人群；
一队队高车骏马，
来来往往就像不停的河流。
达官贵人们，敲钟奏乐列鼎而食；
他们车马匆匆，忙于逢迎干求。
究竟为什么，
唯独我穷困潦倒，伤感忧愁？

代阳春登荆山行

大明七年(463年),鲍照随临海王刘子顼在荆州。这年春天,他登览荆山,作此诗。《乐府诗集》不载此诗,且无"阳春登荆山行"一类,只在《清商曲辞·江南弄》中收有"阳春曲"及"阳春歌"。但观其内容及风格,均与此诗不类。这首拟乐府诗,大概是鲍照在旧的乐府形式上进行了一番改进后的创新之作。这种新的诗体,更加有利于诗人从容自由地抒发自己的思想感情。荆山,在今湖北省南漳县西,相传春秋时楚人卞和得璞玉于此。

这是一首出色的山水诗。在诗的前十六句中,诗人用华美工丽的诗句,形象生动地描绘了荆山的崎岖高峻与山下荆州城的美丽繁华。诗的后四句，语气忽而一转，“遇物虽成趣，念者不解忧”。在前面所描述的美景的衬托下，诗人的忧思就显得更加浓重了，整首诗也蒙上了一层凄然的色彩，产生了良好的艺术效果。

且登荆山头，崎岖道难游①。早行犯霜露②，苔滑不可留③。极眺入云表④，穷目尽帝州⑤。方都列万室，层城带高楼。奕奕朱轩驰⑥，纷纷缟衣流⑦。日氛映山浦⑧，暄雾逐风收⑨。花木乱平原⑩，桑柘绵平畴⑪。攀条弄紫茎，藉露折芳柔⑫。遇物虽成趣，念者不解忧。且共倾春酒⑬，长歌登山丘。

---

① 崎岖（qí qū 奇区）：山路高低不平。 ② 犯：冒着。 ③ 不可留：站不住脚。 ④ 极眺：与下句的“穷目”同义，都是尽力眺望的意思。云表：云的外层。表：外，与“里”相对。 ⑤ 帝州：君王的州县，指荆州城。 ⑥ 奕奕：高大的样子。 ⑦ 缟（gǎo 稿）衣：白色男服。 ⑧ 日氛：日气。浦：水边。 ⑨ 暄（xuān 宣）：温暖。 ⑩ 乱：杂混。 ⑪ 柘（zhè 这）：一种常绿灌木。畴（chóu 仇）：已耕作的田地。 ⑫ 柔：形容花枝柔软而有弹性。 ⑬ 倾：斟，倒。

【翻译】

早晨，我去攀登那高高的荆山，
山路崎岖又艰难。
叶上的霜露打湿了我的衣裳，
腻滑的青苔使人觉得难走难站。
终于登上山顶，犹如置身云端；
极目眺望神州，一片繁华的世界映入眼帘。
高大的方城内，千家万户，星罗棋布；
层层的城上，有高楼参差相连。
一辆辆红色的马车，奔驰在大路上；
一群群白衣男子，漫步在街巷之间。
明媚的阳光，普照着青山绿水；
和煦的微风，把温暖的春雾吹散。
一片片花草树木，
把平原装饰得绚丽多彩；
一簇簇桑林柘丛，
在田野上连绵不断。
攀下树枝，摆弄一番初生的紫茎；
冒着露水，折一根柔嫩的花枝把玩。
眼前的景物，虽然很有趣味，
心事重重的我，
却是忧思难解，落寞寡欢。

姑且抛开所有的烦恼吧——

让我们共饮一杯浓浓的春酒，

一路浩歌上荆山。

拟行路难(十八首选六)

《乐府诗集》卷七十《杂曲歌辞》收鲍照的《拟行路难》凡十八首。《乐府解题》曰:“《行路难》,备言世路艰难及离别悲伤之意。”《行路难》本是汉代的歌谣,晋人袁山松改变其音调,制造新词,流行一时。后来,古辞及袁辞都亡佚不存了。鲍照的十八首《行路难》都是摹仿古乐府诗而写的拟作。就其思想内容来看,多是对封建社会中种种不合理现象感愤不平之作,在当时有较强的进步性,但其中也存在着人生宿命、及时行乐等消极因素。就其艺术形式来看,这些诗作大都格调新颖,语气活泼自然,有很大的民歌特色,用韵也多骤然更换。这些新鲜活泼的方法，极大地增强了诗歌的表现力。余冠英先生说："鲍照的《行路难》、《梅花落》这一类七言和杂言乐府，在音调句法方面，都有全新的创造，是南朝文人乐府最杰出的作品。歌行里流转奔放一派，从这里开端，对于唐诗有极显著的影响。"(转引自钱仲联增补集说校本《鲍参军集注》)从诗中"余当二十弱冠辰"、"弄儿床前戏，看妇机中织"等语句来看，这组诗大概是鲍照二十岁前后所作，并非同出一时。这里所选的是其一、其二、其三、其四、其六、其十八等六首。

其一是写时光易逝，年华易老，劝人排除一切忧愁，及时行乐，思想比较消极。诗人通过赠送可以解忧的美酒、雕琴、羽帐和锦衾来劝人解忧，通篇不说自己，实际上是在借劝慰别人的话表达自己的内心情感。此诗词藻丰富华丽，音韵优美和谐，有较高的艺术性。另外，此诗还是一首序诗，而末首(即其十八)又说"对酒叙长篇"，则是整个组诗的最后乐章。

其二通过写一只香炉始受宠爱而终被冷落的遭遇，表达了一位弃妇的哀怨之情；以"携手仙"为比，慨叹人心易变。

其三写一位名叫金兰的女子，嫁在妻妾成群的富豪之家，被当作笼鸟养着，在孤寂中苦熬青春岁月。此诗以居处、衣着的华丽和自然景物的自由和美，反衬出金兰内心的痛苦、遭遇的不幸。诗的最后两句，借金兰之口发出了大胆的呼喊："宁作野中之双凫，不愿云间之别鹤。"形象生动地表达了古代妇女对爱情生活的向往。

其四，诗人以往平地上倒水，水向不同的方向流散，来比喻人生贵贱穷通的不同遭遇，含蓄而有力地抒发了自己因出身寒微而仕途受挫的苦闷以及对门阀制度的激愤，最后两句，一问一答："心非木石岂无感，吞声踯躅不敢言！"也说明诗人所激愤的，并不是细微小事。

其六，抒发了诗人在门阀制度的压抑下，有志不能遂而又无可奈何的强烈的愤慨之情，突出地表现了诗人的耿直倔强、才高气盛。《诗品》说鲍照"才秀人微，取湮当代"，正是此诗最好的注脚。此诗感情充沛，豪气干云。诗中"弄儿床前戏，看妇机中织"的描写，自然朴素，富有生活气息。

其十八，前六句是劝人不要忧叹贫穷，认为将来总会好起来的；后六句则说，人生有命，机运在天，无须愁苦辛劳，只管饮酒作乐。看似前后矛盾，实则如实地说明了在门阀社会中，寒门子弟虽然想凭借自己的才能有一番作为，而在黑暗不平的社会现实下却无法施展自己的抱负。当时的政治现实是“上品无寒门，下品无世族”。篇末两句虽是愤慨不平之语，却也宣扬了及时行乐的消极思想，应批判地来读。

其　一

奉君金卮之美酒①，玳瑁玉匣之雕琴②，
七彩芙蓉之羽帐，九华蒲萄之锦衾③。
红颜零落发将暮，寒光宛转时欲沉。

---

① 卮（zhī 知）：古代盛酒器。 ② 玳瑁（dài mào 代冒）：一种和龟相似的海中爬行动物，其甲壳黄褐色，有光泽，可用做装饰品。雕琴：雕刻着花纹的琴。 ③ 九华：即九花。九，形容其多，非确指。锦：有彩色花纹的丝织品。衾（qīn 亲）：被子。

愿君裁悲且减思①，听我抵节《行路吟》②。

不见柏梁铜雀上③，宁闻古时清吹音④？

【翻译】

奉献给您——金杯中斟满的美酒，

玉匣中镶着玳瑁的雕琴；

用多彩的芙蓉花图案和翠鸟的羽毛装饰的帐子，

绣满葡萄样花纹的丝织软衾。

青春的容颜已从您的脸上褪去，一年又将尽；

冬日的阳光也已自东偏西，天色昏昏欲沉。

我仍然希望您能抑止悲伤，减少愁思，

听我敲起竹节，高歌一曲《行路吟》。

请看那高高的柏梁、铜雀台上，

哪里还能听到当时盛行的清悠笛音？

---

① 裁：免除的意思。 ② 抵（zhǐ 纸）：同“抵”，侧击。节：一种用竹编成的可起调和节奏作用的古乐器。《行路吟》：指《行路难》诗。 ③ 柏梁：台名，汉武帝于元鼎二年（前 115 年）建，在长安（今陕西省西安市西北郊）。铜雀：台名，曹操于建安十五年（210 年）建，在邺城（今河南省临漳县）西北。柏梁台和铜雀台都是歌舞宴游的场所。 ④ 清吹：悠扬清越的管乐。以上二句是劝人及时行乐。

其　二

洛阳名工铸为金博山①，千斫复万镂②，上刻秦女携手仙③。承君清夜之欢娱，列置帏里明烛前④。外发龙鳞之丹彩，内含麝芬之紫烟。如今君心一朝异，对此长叹终百年。

【翻译】

洛阳著名的工匠，

铸成一只博山金香炉；

炉壁上精雕细刻，

刻的是萧史与弄玉携手飞升图。

清幽的夜晚降临了，

承你偏爱，

把它放在帐中明烛前，

与你一起把良宵共度。

---

① 博山：香炉名，上面雕有重叠山形的装饰图案。 ② 千斫万镂（lòu 漏）：形容雕镂之精。镂，雕刻。 ③ 秦女携手仙：指弄玉和萧史，相传弄玉是春秋时秦穆公的女儿，嫁给萧史，夫妇骑龙凤飞升而去。这里有意以仙侣携手和情人变心相比照。 ④ 帏（wéi 围）：帐子，幔幕。

烛光照耀，
炉外发出龙鳞般红色的光芒；
微风徐来，
炉内飘散着袅袅的紫烟——
芬芳的麝香，不绝如缕。
如今，你的心一旦改变，
美好的香炉即遭遗弃，
对此我无话可说，
只是终生叹息。

其　三

璇闺玉墀上椒阁①，文窗绣户垂绮幕②。
中有一人字金兰，被服纤罗蕴芳藿③。
春燕差池风散梅④，开帏对景弄春爵⑤。
含歌揽涕恒抱愁⑥，人生几时得为乐？

---

① 璇（xuán 玄）：美玉。墀（chí 池）：台阶。椒阁：即椒房。汉代后妃贵妇的住处用椒末和泥涂壁，取其芳香温暖，称椒房。② 绮（qǐ 起）：有花纹的丝织品。幕：帏幕。③ 藿（huò 或）：一种香草。④ 差（cī 疵）池：不齐的样子，指飞燕的尾翼。⑤ 弄：戏耍，游戏。爵（què 雀）：通“雀”。⑥ 恒：常。

宁作野中之双凫①，不愿云间之别鹤②。

【翻译】

用美玉砌成的闺门，

用玉石垒就的台阶，

上面是香椒涂壁的高阁；

雕刻着花纹的窗，

描绘着图案的门，

还有一道丝绸的帏幕挂着。

阁中有位女子名叫金兰，

她身穿细罗衣，

佩带着芬芳的香藿。

阁窗外，春燕翩翩飞舞，

舒展着剪刀般的尾翼；

春风徐徐地吹，

把满树残梅吹落。

她撩起帏幕，

倚窗观玩春景，

---

① 凫(fú扶)：野鸭子，是鸟中之低贱者。 ② 别鹤：失掉配偶的鹤。以上二句是说，宁肯厮守在一起受穷，也不愿富贵而孤独。

阳光下，雀儿成双成对，
从窗前飞掠。
歌声哽咽在喉内，
泪水强忍在眼中，
常带满怀的愁绪，
人生何时才能得到幸福与快乐？
宁愿作草野中双栖双飞的野鸭，
也不作白云间形单影只的仙鹤。

其　四

泻水置平地，各自东西南北流。
人生亦有命，安能行叹复坐愁！
酌酒以自宽，举杯断绝歌《路难》①。
心非木石岂无感，吞声踯躅不敢言②！

【翻译】

把水倾泻在平地上，
就会流向东西南北四方。

---

①“举杯”句：举杯痛饮，苦中作乐，却不再吟唱什么《行路难》。原因是下文所说的“不敢言”。断绝：这里是停止的意思。 ② 踯躅（zhí zhú 直竹）：徘徊不前。

人生一世，正如四散的流水，
也各有自己的命运和方向。
怎么能一味地消极——
走也叹息，坐也忧伤？
暂且将酒杯斟满，
自己把胸怀放宽；
举杯痛饮，不再高唱《行路难》。
人心不是木石，
岂能没有感慨？
却只能忍气吞声，默默无语，
几次瞻前顾后，总是不敢言！

其　六

对案不能食①，拔剑击柱长叹息。
丈夫生世会几时②，安能蹀躞垂羽翼③？
弃置罢官去，还家自休息。
朝出与亲辞，暮还在亲侧。
弄儿床前戏，看妇机中织。
自古圣贤尽贫贱，何况我辈孤且直！

---

① 案：一种放食器的小几。 ② 生世：生活在世上。会几时：能有多久。 ③ 蹀躞（dié xiè 蝶谢）：小步行走的样子。垂羽翼：羽翼下垂，比喻无能、无所作为。

【翻译】

面对满桌的饭菜，难以下咽，
奋力拔剑击柱，发出长长的叹息。
男子汉，大丈夫，此生不过几十年，
怎么能一生谨小慎微，
唯唯诺诺地听任权贵们的驱使？
干脆抛弃职位，辞官离去，
回家闲居安息。
早晨出门赴任，与父母告别；
晚上辞官回家，又重新回到父母的身边。
逗着孩子在床前玩耍，
看着妻子在机上织布。
从古至今的圣贤之辈，
哪个不是生活贫困、地位卑贱？
何况我们这些孤高耿直的寒士！

其十八

诸君莫叹贫，富贵不由人。
丈夫四十强而仕①，余当二十弱冠辰②。

---

①“丈夫”句：《礼记·曲礼》说：“二十曰弱冠，三十曰壮有室，四十曰强而仕。” ② 辰：时候。

莫言草木委冬雪，会应苏息遇阳春①。
对酒叙长篇，穷途运命委皇天。
但愿樽中九酝满②，莫惜床头百个钱。
直须优游卒一岁③，何劳辛苦事百年④！

【翻译】

请诸位不要再为自己的贫贱而叹息，
因为一生富贵与否并不由个人的意愿所决定。
男子汉四十岁时，年富力强，可以作官；
我们才二十来岁，还正年轻。
不要只说寒冬降雪的时候，
草木会凋残枯萎；
应该相信春天到来的时候，
万物将重新复苏，
草木又是一片青青。
请让我暂且把酒吟长诗，

---

① 会应：料想应该。苏息：死而复生。以上两句是以草木喻人，说像草木枯而复苏一样，自己现在虽然贫贱，将来必然是会得意的。 ② 樽（zūn 尊）：酒器。九酝（yùn 运）：精酿的好酒。酝，酿。 ③ 卒：终，完。卒一岁：过完一年。这句是从《左传·襄公二十一年》所引逸诗“优哉游哉，聊以卒岁”变化而来。 ④ 何劳：哪里需要，意即不必要。百年：指人的一生。

将此生的命运，托付给苍天，
一切由它来裁定。
但只愿，杯中的美酒常满；
别吝惜，床头挂着的几个铜钱。
只须优游闲荡，年复一年；
不必辛苦从事，一生艰难！

梅花落

此诗收入《乐府诗集》卷二十四《横吹曲辞·汉横吹曲》中。

这是一篇借物托讽之作。诗人以梅花比喻坚贞高洁的贤人，以庭中其他杂树象征一般无节操的士大夫，通过对耐寒的梅花的赞美，批判了其他杂树的柔媚与懦弱，表现了诗人鲜明的爱憎之情。诗中写诗人和杂树的对话，新颖活泼，且富有寓言色彩。此诗虽短，却无疑是一篇乐府佳作。

中庭杂树多,偏为梅咨嗟①。问君何独然?念其霜中能作花,露中能作实。摇荡春风媚春日,念尔零落逐寒风,徒有霜华无霜质②。

【翻译】

院里有许许多多的杂树,
却唯独对着梅花赞叹不止。
若问梅花有什么特异,
您为何偏爱如此?
想到她能在严霜下开花,
能在寒露中结实。
而你们这类杂树,
只能在春风中摇荡献媚,
却禁不起寒风的侵袭,
只好随风飘落成泥。
你们根本没有耐寒的品格,
只是徒有其表而已。

---

① 咨嗟(zī jiē 资阶):赞叹。 ② 霜华:霜一般的光和色。霜质:耐寒的品质。

代夜坐吟

此诗收入《乐府诗集》卷七十六《杂曲歌辞》。郭茂倩说:“《夜坐吟》,鲍照所作也。其辞曰:‘冬夜沉沉夜坐吟。’言听歌逐音,因音托意也。”

南北朝时期,贵族世族占据着整个社会的统治地位。寒门子弟有才不见用,有志不得伸,大都心怀忧愤,此诗正是表达了他们的这种思想感情,因此弥漫着一种凄愁落寞的情调。

此诗七言与三言相杂,形式灵活自由而不混乱,表现了诗人在诗歌艺术上的创新精神。在欣赏音乐时,“不贵声,贵意深”这种注重作品思想内容的主张,则表现了诗人进步的美学思想，这在当时崇尚奢华、只重外表的文化背景下，是难能可贵的。

冬夜沉沉夜坐吟，含声未发已知心。霜入幕，风度林[1]。朱灯灭，朱颜寻。体君歌，逐君音，不贵声[2]，贵意深。

【翻译】

深沉的冬夜里，
你坐在窗前吟唱，
歌声还没有响起，
我已知道你心里怎么想。
严霜降入帷幕，
寒风在林中回荡。
红灯已经熄灭，
黑暗中寻找着，
青春的容颜在什么地方。
体会你歌词的含义，

① 度：通“渡”，这里是吹过的意思。 ② 贵：以……为贵，看重。声：指歌声。

欣赏你歌声的悠扬。
不在乎音乐的美妙，
只看重情意之深长。

代春日行

此诗收入《乐府诗集》卷六十五《杂曲歌辞》中。

这是一首出色的爱情诗。诗人摹仿一位青年男子(或许就是诗人自己)的口吻,用明丽优美的诗句,细腻生动地刻画了初春的美丽景物,春山踏青、春水泛舟的游乐生涯,及青年男女间微妙的恋慕之情。此诗以三言写成,这种短促的诗律节奏,如同乐曲中的快板,恰如其分地表现了明媚春光中男欢女爱时所特有的那种热情、欢快的气氛。诗人采用这种诗歌形式来歌咏春天、歌咏爱情,确实是独具匠心。

献岁发①,吾将行②。春山茂③,春日明。园中鸟,多嘉声④。梅始发⑤,柳始青。泛舟舻⑥,齐棹惊⑦。奏《采菱》⑧,歌《鹿鸣》⑨。风微起,波微生。弦亦发⑩,酒亦倾。入莲池,折桂枝。芳袖动⑪,芬叶披⑫。两相思,两不知。

【翻译】

新的一年又开始,
我们结伴去踏青。
春天的山色多么美好,
春天的太阳多么光明。
园中的鸟儿在枝头欢唱;
梅花刚刚吐蕊,
柳树已开始泛青。
我们泛舟河上,

---

① 献岁:一年之始。发:开始的意思。 ② 行:行游。 ③ 茂:美好。 ④ 嘉声:悦耳的叫声。嘉:美好的。 ⑤ 发:花开。 ⑥ 舻(lú 卢):船。 ⑦ 棹(zhào 照):船桨。 ⑧《采菱》:即《采菱曲》,乐府曲名。 ⑨《鹿鸣》:《诗经·小雅》中的篇名,是宴会宾客时奏的乐歌。 ⑩ 弦:琴弦。发:震动,琴弦震动就是琴声响起的意思。注意这首诗中的三个“发”字,其义各不相同。 ⑪ 芳:花草发出的香味。芳袖:指用香草熏过的衣服。 ⑫ 芬:香,香气。披:分披。船从莲叶间挤过,莲叶就会向两边弯倒。

一齐划动船桨，

惊起一群水鸟，

扑啦啦飞向蓝天。

我演奏一曲欢快的《采菱》，

她歌唱一首和洽的《鹿鸣》。

阵阵微风徐徐地吹来，

吹皱了水面，水波轻轻摇晃。

琴声已经响起，

美酒也斟入杯中。

把船儿驶入莲池，

折一枝桂枝相赠。

她的衣袖飘起，

散发出袭人的幽香；

莲叶向两边分披，

清芬的气息染香了轻吹的微风。

她偷偷地爱着我，

我暗暗地恋着她；

双双坠入了恼人的迷茫。

《古代文史名著选译丛书》编纂始末[1]

马樟根　安平秋

今年1月，《古代文史名著选译丛书》已经出到100种101册（其中《史记》为2册）。4月份，最后的33种也已交稿。这样，全书133种即将呈献在读者面前。[2] 一项服务当前、造福子孙的普及优秀古代文化、进行爱国教育的大工程将宣告完工了。回想

①《古代文史名著选译丛书》由全国高校古籍整理研究工作委员会主持，古委会直接联系的18个古籍整理研究所为主要承担机构，章培恒、安平秋、马樟根任主编。本文于1992年4月，在《中国典籍与文化》杂志发表时题目是《衣带渐宽终不悔——〈古代文史名著选译丛书〉编纂始末》。这次将此文作为2011年修订版附录时，去掉原正标题，以原副标题为正式题目。 ② 至1994年4月最后定稿时，全书为135部。2011年修订版出版时，全书为134部。

这一套丛书动员18所院校，投入100余人，从1985年筹划，1986年起步，到今天已度过了六七年的岁月，个中甘辛令人难以忘怀。

一、北大·苏州·北大

——酝酿与筹划

编纂这样一套丛书，起因于1981年7月。当时陈云同志派人到北京大学召开了小型座谈会。来人告诉与会人员陈云同志最近在考虑两个问题：一个是粮食，一个是古籍整理。对古籍整理，特别讲到陈云同志说："整理古籍，为了让更多的人看得懂，仅作标点、注释、校勘、训诂还不够，要有今译，争取做到能读报纸的人多数都能看懂。有了今译，年轻人看得懂，觉得有意思，才会有兴趣去阅读。今译要经过选择，要列出一个精选的古籍今译的目录，不要贪多。"这就是后来收入《陈云文选》的那段话。1981年9月，中共中央关于整理我国古籍的文件中一字不差地强调了这段话。1983年，教育部成立了全国高校古籍整理研究工作委员会（简称古委会）。古委会主任周林同志根据中央和陈云同志意见，提出了组织力量今译古籍。但在当时，经过"文革”后的古籍整理工作百废待兴，加之一些学者对今译重要性的认识远非今日之深，这一工作一拖便是两年。

1985年5月，全国高校古委会在苏州召开了一届二次会议。周林同志在会上作了“人才培养和古代文化遗产普及问题”的专题发言，他分析了“解放三十多年来，由于‘左’的路线干扰，特别是‘文化大革命’，几乎使我们的民族文化到了中断的边缘，出现了对古代文化知之不多，或知之甚少的状况”，要教育界的同志“做好普及古代文化知识的工作”，搞好古籍的今注今译就是其中的一项重要任务，“高校古委会要在这方面多下功夫”，“高校古籍研究所无疑应担负起这个任务”。他针对当时一些人轻视古籍的今注今译思想，呼吁“我们对于选本、今译等有利于教育普及的东西，应承认它的学术价值”，“《昭明文选》、《唐诗三百首》、《古文观止》等是地道的选本，流传几百年，发生那么大的影响，能说没有水平？”“专家们深入浅出的在对古文献研究基础上的译注，对普及古代优秀文化作出重大贡献，算不算高水平的成果呢？”“古文既要译得恰当、准确，又要通畅易懂，难度是很大的”，“为了社会主义精神文明建设，古籍整理这方面也要作出应有的贡献”。一石激浪，沉寂了几年的今译古籍的话题又重新活跃起来。会上作了一番认真讨论。

经过这样的酝酿，1985年7月，全国高校古委会科研项目评审组的专家们聚集在北京大学勺园，筹划编纂一套古籍今译的精选本。初步定名为《古籍今译丛书》，议定了收书范围、内容，开列了65种书的选目。并决定由科研项目专家评审组召集人、复旦大学古籍所所长章培恒教授和参加过陈云同志在北大召开座谈会、当时古委会主管科研工作的副秘书长安平秋同志共同负责，与秘书处同志一起具体筹划。经几个月的筹备，决定由古委会直接联系的18个高校古籍研究所承担这一工作，组成编委会，并开列出89种书的选目，对选译的进度、规划亦作了设计。此时，几家出版社闻讯而至，表示愿意出版这套丛书。最早与我们联系的巴蜀书社的段文桂社长以其强烈的事业心和对古籍今译的高度重视感动了我们，于是决定邀请巴蜀书社编辑参加第一次编委会议。

二、从柳浪闻莺到桂子山上

——第一批书稿的产生

第一次编委会于1986年5月在杭州柳莺宾馆

召开。宾馆因位于西湖十景之一的柳浪闻莺而得名。全国高校18个研究所的24名学者和有关人员聚集在这风景胜地,无心观柳,亦无从闻莺,紧张地工作了三天。会上确定了这套普及读物的读者对象是具有中等以上文化程度的广大群众,收书范围是中国历代文史名著,在名著之中选精。所选书目,在原拟89种基础上,调整为116种,以形成系统性。书中选篇之下分提示、原文、今译、注释四部分,以译文为主,书前有一前言,书中加入必要的插图。每一种书约10—15万字。书名确定为《古代文史名著选译丛书》。即由到会的24位学者组成丛书编委会①,由章培恒、马樟根、安平秋三人任主编。于是,编委会立即分成三个工作小组,在会上分头拟出丛书《凡例》、《编写、审稿要求》和《文稿书写格式》,经讨论修改而形成了正式文字以供遵循。在

① 编委会成员按姓氏笔划排列为:

马樟根　平慧善　安平秋　刘烈茂　许嘉璐　李国祥
金开诚　周勋初　宗福邦　段文桂　董治安　倪其心
黄永年　章培恒　曾枣庄(以上为常务编委)
王达津　吕绍纲　刘仁清　刘乾先　李运益　杨金鼎
曹亦冰　常绍温　裴汝诚(以上为编委)

自报的前提下，会上确定了由18个研究所承担前40部书的今译任务，要求当年年底完成。古委会主任、丛书顾问周林同志对编委会的认真精神、紧张工作和显著效率十分赞赏，他说：“有这样一个编委会，有这样一个阵容来做选译，使中国历史文化不成为专属于少数人的知识，使能看报纸的人都读懂自己民族的名著，从而树立爱国主义、建设有民族特色的精神文明，其意义之深远将会在今后愈益显露出来。”于是，有1000余万字的大工程便从这里开始了。

当年年底各研究所的今译书稿经作者完成后，由在该所的编委审改，到1987年5月和7月，先后在复旦大学、北京大学两次召开编委审稿会。这种审稿会，说是审稿，实际上是边审边改，字斟句酌，每部书稿必须经一位编委、一位常务编委审改把关，经过这样两道工序，汇总到主编手中，40部书稿通过了25部。其中部分书稿赶印了样稿征求意见。于是周林同志于7月6日在北大临湖轩邀请了在京十几位专家与正在审稿的编委一起研究样稿，探讨如何提高这套今译丛书的质量。

根据编委审稿发现的问题和在京专家们的意

见，丛书亟需在已定体例的框架中条列细则；而出版单位巴蜀书社又希望所出版的第一批书为50种以便形成格局，需要布置各研究所承担新的今译任务。这样，1987年10月在华中师范大学再次召开了编委会，又请了詹锳、周振甫、刘乃和、郭预衡等先生到会指导。

这次编委会是在审看了40部书稿后，发现了一大批问题亟待解决，又是在需要布置下一步任务的状况下召开的，是一次承上启下的编委会。会议初期人们的心情和会上的气氛都带有一股子严峻与急切。会议从5日到8日开了三天半。但是在4日晚上开预备会的时候，主编章培恒先生尚未到会，亦无他是否已从上海出发的信息。5日上午就要开会了，主编不到怎么行呢？5日一早，我们还在沉睡之中，忽听有人敲门，进来的竟是章培恒！一向风神儒雅、衣装考究的章培恒先生，此时却是一身尘灰、满脸疲惫地站在我们面前。原来他从上海出发前，未能买到机票或船票，而上海到武汉又没有直达火车，只好先从上海坐火车到长沙，为了不误5日上午开会，他只好买了一张无座票，夜间从长沙出发一直站到武昌。一向走路辨不清方向的章培恒竟然在夜色未退之前一人从车站摸到了华中师大专家楼，也算是奇迹。

这次编委会，从体例的具体要求、书中选篇是否合适、每篇中的提示如何写、注释的繁简和语言的通俗性，到今译的信达雅如何把握，例如李白的“床前明月光，疑是地上霜，举头望明月，低头思故乡”这样通俗的诗是否要翻译，在在都有热烈的争论。感谢编委们的努力和学术判断力，最后终于形成了一个《细则》，一切争论都统一在这个《细则》之上。编委们在思想明确、分得新的任务之后，显出了少有的轻松与喜悦。会议结束正逢中秋节，华中师大的专家楼坐落在武昌桂子山上。入夜，桂子山上举行了赏月茶会，几张方桌，围坐着全体编委和特邀到会专家。天上明月如盘，清辉洒地，眼前桂树葱茏，桂花飘香，华中师大古籍研究所的青年们活跃席间，引得王达津先生即席赋诗，刘乃和先生清唱京戏。这气氛预示着《古代文史名著选译丛书》克服了当前的困难，第一批50种书稿有如母腹中的胎儿，快要降生了。

三、华清池畔的愁云与人民大会堂的欢欣

——第一批书出版的柳暗花明

1988年10月，编委们再一次聚会，审定第一批

50种中的最后十几部书稿、修改第二批50种中的大量书稿。这次审稿是在“东枕华山、西拒咸阳”的骊山脚下、华清池滨的一家招待所。这里古朴而不豪华，食宿低廉却又实惠，审稿之余，左近有风景可观，有古迹可寻，房内有43℃的温汤沐浴，编委们平日在校教学、科研工作劳累而生活清苦，如今有这样的环境与条件，感到少有的惬意。我们作为主编觉得这也是对编委们两年来辛勤编书的一点补偿。但这种适意之感很快就被两件事所驱散。一件事是书稿的质量。几十部书稿交来，一经审看，从注译到体例完全合格的只有寥寥可数的三四部，余下的，或需小改，或需大改，或根本不合格需退回重作。另一件事是出版发行成了问题。到会的巴蜀书社副社长黄葵同志向大家通报了即将印出的16本书征订情况，最多的为2000册，且只有一种，其他的只有800册、600册，甚至还有200余册。征订不佳，销路不畅，出书要赔钱，出版社为难，编委们又无计可施。此时哪还有心思去观赏“骊山云树郁苍苍，历尽周秦与汉唐”？也无心绪登上骊山，在烽火台前怀古。且正值“楼台八月凉”的节令，只有华清池畔秋雨飘零，秋风瑟瑟，落叶满地，不禁愁从中来。

愁则愁，还得面对现实。书稿质量不高，靠到会近20位编委十余天的逐字逐句修改，终于改定合格17部。至于出版发行问题，巴蜀书社的朋友费心经营，重新设计了封面，改进装帧，将第一批50种装成一个大礼品盒，成盒出售。从中又得到了国家新闻出版署、四川省出版局、国家教委有关司局和各省市教委的大力支持与帮助，发行面得以扩大，到了1990年下半年，首印的17000套书销售已尽，而问讯、索购者不绝，出版社决定再印30000套以供读者需要。中央领导了解到这套丛书受到读者欢迎，欣然为丛书题辞，江泽民总书记的题辞是"做好我国古代文史名著的传播普及工作，使其古为今用，以发扬爱国主义精神"，李鹏总理的题辞是"弘扬民族优秀文化，激励爱国主义精神"。李瑞环同志也为丛书题了辞。

1990年8月22日在北京人民大会堂召开了《古代文史名著选译丛书》出版座谈会。国家领导人李铁映、胡乔木、李德生、陈丕显、廖汉生、王汉斌、王光英出席，古委会主任周林同志主持会议，到会各阶层代表在发言中从不同角度肯定了这套书对促进青少年了解历史、了解国情、了解中华民族优秀传统文化、进行爱国主义教育的作用。时值盛夏，却逢喜雨，洗却了编委和出版社同志心中的忧虑，参加大会堂座谈会的13名常务编委会后又聚集在北京大学讨论深入认识编纂这套丛书的重大意义，研究审改好第二批书稿的具体措施。

四、从舜耕山庄耕作到乐山脚下

——第二批书稿审定之艰辛

第二批书稿50种50册，是1987年10月布置的。1988年10月在西安审改合格的17部书稿都已放入第一批中以替换原已通过的第一批中质量较差的书稿。这样，第二批书稿当时余下的已完成的有20余部，却都不合格，只能要求译注者和编委再行修改。一年之后，编委会汇总来重新改好和新译注交来的第二批书稿44部，1989年10月于济南千佛山下的舜耕山庄召开了常务编委审稿会。

这次审稿，发现的问题较多。有的选目不当，如有的史书重要人物的传不选却选入无关紧要而又无学习价值的人物传，有的名家的文章名篇不选却选入既无文学价值又无借鉴意义的篇章。有的选译所依据的底本不当，舍弃现有的精校本却用校勘不善的本子。有的虽有根据地改动正文却只在注释中说“原作……据别本改”，而不指明据何本改。有的注释过繁，不利于一般读者阅读；有的注释极简，该注释的地方不注，使广大读者看了译文仍无法理解全文的精妙；而更多的是注释不准确，对一字一词增字为训而歪曲了原意的毛病也较普遍。译文问题更多，有的语义不清，佶屈聱牙，把“三顾频烦天下计，两朝开济老臣心”译为“三顾茅庐频烦为天下大计，两朝事业开济尽老臣忠心”，有的为追求通俗生动把“君何往”中的“君”译为“老兄”。每篇的提示，有的写得很长变成了文章赏析，有的虽短却不中肯綮，用了类似“文革”期间的语言扣几顶大帽子了事。看这样的稿子都觉头痛，改这样的稿子更感艰难。审稿历时 12 天，参加审稿、当时 63 岁的黄永年先生向我们诉苦：“头发掉了一把！”有的编委说，千佛山古称历山，传说舜在这里开垦耕耘，十分艰辛，我们住在舜耕山庄，预示着我们为这套丛书垦荒笔耕，也要历尽千辛。这次审稿，经过审改之后，有 10 部书稿合格，有 11 部需会后再作小的修改方能通过，余下的均需作大的改动或另请人译注。

这次审稿还研究了所选戏曲部分的曲辞如何今译问题，如规定了念白中出现的诗句只注不译，上、下场诗只注不译，注而不译的文字在译文中应予保留以便参读。

到1990年12月，丛书常务编委在广州研究丛书如何体现批判继承精神、如何提高第二批书稿质量时，又有18部书稿完成交来。为了保证书稿质量，使1991年上半年召开的常务编委审稿会得以顺利进行，我们三个主编从广州匆匆赶到北京，用了一周时间审看了这18部书稿，通过了7部，1l部退改。当我们看完最后一部书稿碰头研究时，已是12月31日。在1990年一年内，我们仅仅通过了这7部书稿。加上1989年在舜耕山庄通过的10部，也仅有17部，尚差33部方足第二批的50部。

1991年5月，常务编委来到古称嘉州的乐山市，在乐山山腰的八仙洞宾馆继续审改第二批书稿。改稿时间只有十天，要力争将50部推出，其繁重可知。我们在改稿过程中，不禁想到明万历年间嘉州知州袁子让的诗句“登临始觉浮生苦”，想到这套丛书从起步到这次审改已历时5年，当初怎么也没有想到完成这套丛书会是如此的艰辛，真是登临始觉笔耕苦啊!

这次乐山审稿,通过了13部书稿。好在余下的20部书稿只须小改即可在会后交稿,终于在1991年8月将这20部书稿全部改定交巴蜀书社。第二批50部历时近四年终于定稿了。

五、在金陵古都作光辉的一结

——第三批书稿的完成

1990年12月据出版社的要求,这套丛书出齐当为150种,到乐山会上又修正为110种至125种,最后数字的确定根据最后一次审稿结果而定,合格的即入选,不合格的不再修改选入。根据这一共识,今年4月中旬,我们一部分常务编委聚集到六朝古都南京,从已经交来的35部书稿中选择经小改合格的书稿。经过十一天的劳作,选择、改定33部,由到会的常务编委、巴蜀书社的段文桂总编和编委、巴蜀书社的刘仁清副编审带回成都,将经由他们的继续辛苦而使《古代文史名著选译丛书》以133部、1500万字之数呈献给热爱中华文化的读者。

这套丛书从1986年5月起步,历时整整六年,平日繁细工作不计,仅编委大小审稿会就开了12次之多。丛书的发起人、顾问、古委会主任周林同志先后参加了8次审稿会，每次都自始至终和大家在一起，听取审稿情况，了解遇到的问题；当我们遇到困难的时候他为我们鼓劲，当我们感到欣喜的时候他提醒我们不可大意。这次他又和我们一起来到虎踞龙蟠的石头城下，为我们督阵，看我们能否为这套丛书作出光辉的一结。

此时此刻，我们与这次会议的东道主、丛书常务编委、南京大学的周勋初先生漫步在中山陵旁，想到今译丛书已基本完成，自然感到如释重负，但理智却使我们不敢轻松，我们期待着全书133部出齐之后专家、读者的评头品足。

1992年4月26日

（原载《中国典籍与文化》1992年第1期）

古代文史名著选译丛书(修订版)总目

丛书主编:章培恒　安平秋　马樟根

书　名	译注者	审阅者	定价/元
老子注译	张玉春　金国泰	安平秋	16.00
庄子选译	马美信	章培恒	18.00
荀子选译	雪　克　王云路	董治安　许嘉璐	19.00
申鉴中论选译	张　涛　傅根清	董治安	18.00
颜氏家训选译	黄永年	许嘉璐	15.00
论语注译	孙钦善	宗福邦	28.00
孟子选译	刘聿鑫　刘晓东	黄　葵	20.00
墨子选译	刘继华	董治安	14.00
韩非子选译	刘乾先　张在义	黄　葵	19.00
新序说苑选译	曹亦冰	倪其心	25.00
论衡选译	黄中业　陈恩林	许嘉璐	22.00
管子选译	缪文远　缪　伟	董治安	18.00
列子选译	王丽萍	周勋初　倪其心	19.00
韩诗外传选译	杜泽逊　庄大钧	董治安	24.00
盐铁论选译	孙香兰　刘光胜	黄永年	13.00
诗经选译	程俊英　蒋见元	刘仁清	19.00
楚辞选译	徐建华　金舒年	金开诚	15.00
贾谊文选译	徐　超　王洲明	安平秋	17.00
司马相如文选译	费振刚　仇仲谦	安平秋	11.00
文心雕龙选译	周振甫	黄永年	17.00
庾信诗文选译	许逸民	安平秋	18.00

书　名	译注者	审阅者	定价/元
嵇康诗文选译	武秀成	倪其心	18.00
谢灵运鲍照诗选译	刘心明	周勋初	18.00
陈子昂诗文选译	王　岚	周勋初　倪其心	14.00
李白诗选译	詹　锳　等	章培恒	22.00
高适岑参诗选译	谢楚发	黄永年	23.00
元稹白居易诗选译	吴大逵　马秀娟	宗福邦	21.00
柳宗元诗文选译	王松龄　杨立扬	周勋初	18.00
李贺诗选译	冯浩菲　徐传武	刘仁清	20.00
杜牧诗文选译	吴　鸥	黄永年	14.00
李商隐诗选译	陈永正	倪其心	19.00
唐五代词选译	亦　冬	董治安	16.00
唐文粹选译	张宏生	周勋初	18.00
晚唐小品文选译	顾歆艺	平慧善	15.00
黄庭坚诗文选译	朱安群　等	倪其心	18.00
辛弃疾词选译	杨　忠	刘烈茂	24.00
元好问诗选译	郑力民	宗福邦	20.00
宋四家词选译	王晓波	倪其心	16.00
黄宗羲诗文选译	平慧善　卢敦基	马樟根	15.00
吴伟业诗选译	黄永年　马雪芹	安平秋	20.00
方苞姚鼐文选译	杨荣祥	安平秋	20.00
明代散文选译	田南池	马樟根	22.00
顾炎武诗文选译	李永祜　郭成韬	刘烈茂	23.00
张衡诗文选译	张在义　张玉春 韩格平	刘仁清	16.00
汉诗选译	张永鑫　刘桂秋	金开诚	19.00

书　名	译注者		审阅者		定价/元
阮籍诗文选译	倪其心		刘仁清		15.00
三曹诗选译	殷义祥		刘仁清		22.00
诸葛亮文选译	袁钟仁		董治安		16.00
陶渊明诗文选译	谢先俊	王勋敏	平慧善		16.00
杜甫诗选译	倪其心	吴　鸥	黄永年		17.00
王维诗选译	邓安生	等	倪其心		20.00
刘禹锡诗文选译	梁守中		倪其心		20.00
孟浩然诗选译	邓安生	孙佩君	马樟根		18.00
韩愈诗文选译	黄永年		李国祥		20.00
欧阳修诗文选译	林冠群	周济夫	曾枣庄		20.00
曾巩诗文选译	祝尚书		曾枣庄		19.00
苏轼诗文选译	曾枣庄	曾　弢	章培恒		23.00
李清照诗文词选译	平慧善		马樟根		15.00
陆游诗词选译	张永鑫	刘桂秋	黄　葵		24.00
朱熹诗文选译	黄　珅		曾枣庄		20.00
文天祥诗文选译	邓碧清		曾枣庄		20.00
袁枚诗文选译	李灵年	李泽平	倪其心		20.00
王安石诗文选译	马秀娟		刘烈茂	宗福邦	18.00
二程文选译	郭　齐		曾枣庄		25.00
范成大杨万里诗词选译	朱德才	杨　燕	董治安		26.00
萨都剌诗词选译	龙德寿		曾枣庄		28.00
王阳明诗文选译	吴　格		章培恒		18.00
徐渭诗文选译	傅　杰		许嘉璐	刘仁清	17.00
李贽文选译	陈蔚松	顾志华	李国祥	曾枣庄	17.00

书　名	译注者		审阅者	定价/元
三袁诗文选译	任巧珍		董治安	17.00
王士禛诗选译	王小舒	陈广澧	黄永年	13.00
龚自珍诗文选译	朱邦蔚	关道雄	周勋初	13.00
尚书选译	李国祥 谢贵安	刘韶军 庞子朝	宗福邦	14.00
礼记选译	朱正义	林开甲	宗福邦	22.00
左传选译	陈世铙		董治安	22.00
国语选译	高振铎	刘乾先	黄　葵	22.00
战国策选译	任　重	霍旭东	李国祥	21.00
吕氏春秋选译	刘文忠		董治安	17.00
吴越春秋选译	郁　默		倪其心	19.00
史记选译	李国祥 张三夕	李长弓	安平秋	29.00
汉书选译	张世俊	任巧珍	李国祥	22.00
后汉书选译	李国祥 彭益林	杨　昶	许嘉璐	24.00
三国志选译	刘　琳		黄　葵	18.00
晋书选译	杜宝元		许嘉璐	15.00
宋书选译	漆泽邦	孔　毅	李国祥	19.00
南齐书选译	徐克谦		周勋初	18.00
北齐书选译	黄永年		安平秋	16.00
梁书选译	于　白		周勋初	17.00
陈书选译	赵　益		周勋初	17.00
南史选译	漆泽邦		安平秋	22.00
北史选译	刁忠民		段文桂	20.00

书　名	译注者	审阅者	定价/元
周书选译	黄永年	安平秋	15.00
魏书选译	杨世文　郑　晔	周勋初	22.00
隋书选译	武秀成　赵　益	周勋初	20.00
新唐书选译	雷巧玲　李成甲	黄永年	16.00
旧唐书选译	黄永年	章培恒	16.00
新五代史选译	李国祥　王玉德　姚伟钧	周勋初	18.00
旧五代史选译	贾二强	黄永年	17.00
宋史选译	淮　沛　汤　墨	曾枣庄	20.00
辽史选译	郭　齐　吴洪泽	曾枣庄	21.00
金史选译	杨世文　祝尚书　李文泽　王晓波	曾枣庄	21.00
元史选译	樊善国　徐　梓	马樟根	25.00
明史选译	杨　昶	李国祥	20.00
清史稿选译	黄　毅	章培恒	22.00
贞观政要选译	裴汝诚　王义耀	黄永年	18.00
史通选译	侯昌吉　钱安琪	周勋初	16.00
资治通鉴选译	李　庆	黄永年	16.00
续资治通鉴选译	徐光烈	安平秋	24.00
通鉴纪事本末选译	谈蓓芳	章培恒	21.00
洛阳伽蓝记选译	韩结根	章培恒	22.00
梦溪笔谈选译	李文泽	曾枣庄	20.00
徐霞客游记选译	周晓薇　等	黄永年　马樟根	17.00
宋代笔记小说选译	朱瑞熙　程君健	金开诚等	19.00
关汉卿杂剧选译	黄仕忠	刘烈茂	24.00

书　名	译注者	审阅者	定价/元
明代文言短篇小说选译	黄　敏	章培恒	23.00
六朝志怪小说选译	肖海波　罗少卿	刘仁清	21.00
世说新语选译	柳士镇　钱南秀	周勋初	23.00
水经注选译	赵望秦　段塔丽　张艳云	许嘉璐	19.00
唐人传奇选译	周　晨	曾枣庄	24.00
唐五代笔记小说选译	严　杰	周勋初	21.00
大慈恩寺三藏法师传选译	贾二强	黄永年	18.00
宋代传奇选译	姚　松	周勋初	22.00
聊斋志异选译	刘烈茂　欧阳世昌	章培恒	22.00
阅微草堂笔记选译	黄国声	安平秋	16.00
清代文言小说选译	王火青	周勋初	23.00
历代名画记图画见闻志选译	周晓薇　赵望秦	黄永年	17.00
容斋随笔选译	罗积勇	宗福邦	20.00
唐才子传选译	张　萍　陆三强	黄永年	24.00
西厢记选译	王立言	董治安	20.00
元代散曲选译	彭久安	刘烈茂　金开诚	21.00
日知录选译	张艳云　段塔丽	黄永年	22.00
桃花扇选译	张文澍	章培恒　段文桂	15.00
牡丹亭选译	卓连营	章培恒	14.00
长生殿选译	戚海燕	董治安	20.00